THÉATRE

EUROPÉEN.

★

IMPRIMERIE DE E. DUVERGER,

4, RUE DE VERNEUIL.

★

THÉATRE
EUROPÉEN

NOUVELLE COLLECTION
DES CHEFS-D'ŒUVRE DES THÉATRES

ALLEMAND, ANGLAIS, ESPAGNOL,
DANOIS, FRANÇAIS, HOLLANDAIS, ITALIEN, POLONAIS,
RUSSE, SUÉDOIS, ETC.

AVEC DES NOTICES ET DES NOTES
HISTORIQUES, BIOGRAPHIQUES ET CRITIQUES

PAR MM.

J. J. AMPÈRE; AVENEL; le baron DE BARANTE, de l'Académie française; BERR; CAMPENON, de l'Académie française; Philarète CHASLES; CHATELAIN; Alissan DE CHAZET; Léonard CHODZKO; COHEN; DEFAUCONPRET; DELATOUCHE; A. DE LATOUR; DENIS; Émile DESCHAMPS; Ernest DESCLOZEAUX; Alexandre DUMAS; Paul DUPORT; Léon GOZLAN; GUIZARD; GUIZOT; DAMAS-HINARD; Jules JANIN; LEBRUN; LOÈVE-VEIMARS; MAGNIN; SAINT-MARC GIRARDIN, X. MARMIER; MENNECHET; P. MÉRIMÉE; MERVILLE; prince METSCHERSKY; Théod. MURET; NISARD; Charles NODIER, de l'Académie française; Amédée PICHOT; comte DE REMUSAT; comte DE SAINT-AULAIRE; Jules DE SAINT-FÉLIX; comte Alexis DE SAINT-PRIEST; baron TAYLOR; TROGNON; VILLEMAIN, de l'Académie française; Madame la duchesse D'ABRANTÈS; etc., etc.

Théâtre Latin moderne.

PARIS
ED. GUERIN ET Cie, ÉDITEURS, RUE DU DRAGON, 30.
1835

LE PARESSEUX

(Misoponus sive Otiosus)

COMÉDIE EN TROIS ACTES, ET EN PROSE

DU PÈRE PORÉE,

DE LA SOCIÉTÉ DE JÉSUS.

1740.

NOTICE

SUR LES COMÉDIES DU PÈRE PORÉE.

Quand cette savante institution des Jésuites (on peut faire son éloge scientifique et littéraire, à présent qu'elle est morte pour la dernière fois) était encore debout et florissante; quand le dix-huitième siècle à son aurore commençait à peine, attendant son chef et son roi, Voltaire; il y avait dans la chaire de rhétorique, illustrée jadis par le père de La Rue, un savant professeur de belles-lettres qui s'appelait le père Porée. En ce temps-là, l'enseignement public avait une importance singulière qu'il a perdue depuis. Les fortes et sévères études qui avaient fait du dix-septième siècle le plus grand des siècles littéraires, étaient devenues le monopole de cette puissante Compagnie de Jésus qui s'était emparée, du monde par la jeunesse, de la jeunesse par l'éducation. Toutes les familles de France, les plus illustres par le nom, par le rang, par la fortune, envoyaient leurs enfants aux Jésuites; en même temps les RR. PP. cherchaient partout, dans le peuple, les intelligences naissantes, les jeunes esprits qui avaient de l'avenir, afin de les opposer avec succès à leurs autres élèves. C'était l'émulation dans ce que l'émulation a de plus complet et de plus utile. C'était le peuple mis aux prises avec l'aristocratie dans les écoles. C'était la lutte de jeunes intelligences qui commençaient ensemble au collége, pour combattre ensuite dans le monde. Singulières destinées! et bien certainement on ferait une singulière histoire avec ce sujet-là : deux élèves du père Porée, l'un fils du peuple, l'autre enfant d'un grand seigneur, assis sur le même banc et sortis de la même école, nourris tous deux des mêmes doctrines, et parcourant deux chemins différents, arrivant enfin tous les deux à l'Assemblée Constituante pour se réunir dans la même opposition et pour se perdre enfin dans la même révolution.

On voit tout de suite l'importance que devait avoir dans ce temps-là un professeur dans sa chaire; ce professeur décidait souvent de tout l'avenir de ses élèves. Une fois sorti du collége, le jeune homme n'avait pas à attendre cette éducation intermédiaire qui depuis s'est placée entre le collége et le monde. Ordinairement on sortait des Jésuites à vingt ans, on était un homme; et cet homme, qui l'avait fait? c'était le professeur de rhétorique! Car non-seulement le maître enseignait les belles-lettres à ses disciples, mais encore il vivait avec eux, il étudiait leur esprit et leurs mœurs, il savait à l'avance leurs vertus, leurs vices, leurs penchants, leurs passions, et quand enfin il les rendait à la société qui les lui avait confiés, il pouvait lui dire, presque à coup sûr, sur quels hommes elle pouvait compter!

Or, dans la classe du père Porée, parmi ces jeunes gens attentifs aux leçons du maître, il y avait un jeune homme qui s'appelait

Arouet et qui devait être Voltaire un jour. A celui-là devait appartenir de droit le dix-huitième siècle, ce beau siècle de la pensée et de la liberté humaines ; à celui-là devaient revenir toutes les gloires littéraires, l'épopée, la tragédie, la philosophie, la critique, la satire, l'histoire, la prose et les vers. Incroyable et universel génie celui-là ; et le monde plus d'une fois se demanda, voyant cet homme si complet : — Quel est donc le Maître de cet homme ?

A cette question toute naturelle en ce temps-là, Voltaire lui-même répondait : — *C'est le père Porée qui est mon maître !* Et comme Voltaire a toujours parlé de son vieux professeur et quelles lettres il lui a écrites ! Et comme il se souvient sans cesse de ces éternelles leçons du beau et du bon qu'il en a reçues ! Et comme l'antiquité classique est présente à Voltaire, partout et toujours, non pas seulement parce que Voltaire est naturellement un esprit classique, mais parce que Voltaire se souvient toujours de son maître ! — Qui est le maître de Voltaire ? Question honorable pour le maître autant que pour l'élève ! Hélas ! aujourd'hui ce serait presque une question ridicule. Le meilleur maître aujourd'hui est compté pour bien peu dans le souvenir et dans les affections du meilleur disciple ! C'est qu'en effet, de nos jours, le maître n'a plus d'influence, le maître n'a plus d'enseignement suivi, le maître n'a plus aucun soin de son élève ; c'est qu'en effet, dans tout le cours des humanités, c'est à peine si le maître et l'élève se connaissent : c'est qu'en effet, aujourd'hui, celui qui veut être quelque chose se fait tout seul. Demandez à M. Victor Hugo qui est son maître ? demandez à M. de Vigny qui est son maître ? Autant vaudrait le demander à M. Paul de Kock !

Voltaire, très long-temps après la mort du père Porée son maître, écrivait ainsi au père de Latour : « Rien n'effacera de mon cœur la mémoire du père Porée qui est également chère à tous ceux qui ont étudié sous lui. Jamais homme ne rendit l'étude et la vertu plus aimables. Les heures de ses leçons étaient pour nous des leçons délicieuses, et j'aurais voulu qu'il eût été établi, dans Paris comme dans Athènes, qu'on pût assister à tout âge à de telles leçons ; je serais venu souvent les entendre. »

Après avoir été trente ans de sa vie professeur de rhétorique, le père Porée mourut à l'âge de soixante-six ans, le 11 janvier 1741. C'était le plus simple et le meilleur des hommes, savant et railleur pourtant. Il avait beaucoup lu Sénèque, dont il avait un peu de l'emphase élégante et pleine de charme et d'esprit. Sa mort fut suivie de bien des regrets ; il avait eu tant de disciples autour de sa chaire ! Le monde aussi le pleura, car il était quelquefois homme du monde. Je lisais il n'y a pas long-temps, dans un journal de cette époque, quelques lignes nécrologiques de l'année 1741, à la louange du père Porée ; ces lignes sont remarquables parce qu'à coup sûr le journaliste qui les écrivit connaissait l'homme dont il parlait. — « Le père Porée, disait le journal (*Lettres sur quelques écrits de ce temps*), avait surtout l'habitude de tourner ses élèves du côté railleur. L'ironie était son arme favorite ; il regardait avec un certain sourire d'esprit toutes les choses de ce monde ! » Je vous demande si ce n'est pas bien là le caractère du maître de celui qui plus tard écrvit *Candide ?*

Mais, même à propos du père Porée, il ne faut pas que j'oublie le but tout dramatique de ce livre. Laissons de côté le savant et le professeur, et ne nous occupons plus que de l'homme qui écrivit tant de pièces de théâtre, dans une si élégante latinité. C'était la mode, dans ce temps de fortes et sévères études, de clore l'année scolaire par la représentation de quelques tragédies ou de quelques comédies latines. Ce jour-là c'était grande fête au collége. Les gros bonnets de l'ordre, les savants de l'académie, les grands seigneurs qui se souvenaient encore de leurs excellentes études d'autrefois, les Jansénistes eux-mêmes, accouraient en foule dans la cour du collége transformée en salle de spectacle. On allait parler latin, on allait entendre parler latin pendant trois heures : quelle joie ! Heureuse époque où tout le monde savait le latin, le professeur, les élèves et les auditeurs ! En ce temps-là les poésies du père Vanière, les poésies du père Rapin, élégant reflet du vers de Virgile, les poésies du père Santeul, souvenir vivant des psaumes de David traduits avec le vers lyrique d'Horace, étaient dans toutes les mains et se lisaient couramment, comme on a lu depuis les poésies de *l'Almanach des Muses.* Ainsi, grace à la belle langue latine, la comédie, la comédie jouée en public, rentrait triomphante dans les murs dont elle était bannie par arrêt de la Sorbonne, tout comme autrefois les vers de Racine ouvrirent à la tragédie les portes du Saint-Cyr de madame de Maintenon. Il y a eu dans tous les temps des accommodements avec les poètes !

Parmi les tragédies et comédies composées tout exprès pour les solennités de collége, il faut mettre au premier rang, sans contredit, les comédies du P. Porée. La latinité en est élégante, claire, parfaite ; c'est un mélange heureux du style de Térence et du style d'Érasme. Le P. Porée se complaît au développement de sa pensée ; il aime la tirade qui lui donne l'occasion d'arrondir sa période. Voilà pour le style. Quant à la fable de sa comédie, elle est simple et cependant assez intriguée pour intéresser et pour plaire ; c'est à ce point qu'on ne s'aperçoit guère que c'est une comédie privée de femmes et d'amour. Tout cela marche droit au but, au milieu d'observations très fines, de détails très déliés, d'innocentes épigrammes, de descriptions riantes, de récits amusants et d'une urbanité tout-à-fait gracieuse et mondaine. Le jour de ces premières représentations toutes les vanités étaient en jeu : les élèves d'abord, le poète comique ensuite. C'était une lutte entre tous ces colléges à qui posséderait le meilleur écrivain ; la solennité était donc doublement littéraire, et ceci vous explique le soin prodigieux apporté par leurs auteurs à ces œuvres qui ne devaient durer qu'un jour.

Un fait digne d'attention et qui mériterait d'être expliqué, c'est celui-ci : Comment se fait-il que l'ordre de la Société de Jésus ait produit, sinon tant de poètes comiques, du moins tant d'écrivains qui avaient en eux-mêmes le sens dramatique? Une des meilleures comédies de notre théâtre, le chef-d'œuvre du grand style de la comédie, après la comédie de Molière, *le Méchant*, est sorti du collége des Jésuites de la rue Saint-Jacques. Le P. Du Cerceau a jeté dans son théâtre, qui est plein de naïve et douce gaîté, au profit de ses élèves, plusieurs idées originales et comiques qui plus tard mises en œuvre par d'autres mains et pour un autre théâtre, ont fini par être de véritables comédies. La seule comédie supportable que l'Empire ait produite, *les Deux Gendres*, a été copiée scène par scène dans le recueil d'un père jésuite. D'où vient cela? Faut-il donc être en dehors de la société pour bien la juger et pour la bien voir? Mais, encore une fois, revenons aux comédies du P. Porée.

Les comédies du P. Porée forment un volume de la collection de Barbou. Ces comédies furent imprimées après la mort de leur auteur qui n'avait jamais voulu consentir à les laisser paraître de son vivant. Le théâtre comique du P. Porée se compose de cinq comédies, parmi lesquelles il y en a trois dont le sujet me paraît vraiment dramatique. La première de ces comédies c'est *le Joueur*, et sans contredit ce sera une étude digne d'intérêt, de comparer *le Joueur* du P. Porée au *Joueur* de Regnard, voire même au *Joueur* de la Porte-Saint-Martin. La seconde comédie du P. Porée est consacrée au développement de cette idée : que les parents doivent à leurs enfants un amour égal, et qu'il y a autant de dangers à trop aimer celui-ci qu'à être trop sévère envers celui-là. Une autre idée du même auteur, *Philédon, ou le Retour à la vertu*, a fourni au P. Porée un développement plein de charme et d'esprit ; mais ceci est plutôt un drame qu'une comédie. Le P. Porée a fait aussi un volume de tragédies où l'imitation de Sénèque le tragique se fait sentir de toutes parts [1].

Mais, à mon sens, la plus aimable des comédies du père Porée, son idée la plus nouvelle, et qui est restée le plus à lui, c'est sa comédie intitulée *Misoponus* (*le Paresseux*). Sans nul doute, c'est tout-à-fait là le sujet d'une comédie de collége. Tous ces demi-caractères, tels que *le Paresseux, l'Irrésolu, le Distrait*, sont de trop peu de portée pour donner lieu à une véritable comédie. Toutefois il était difficile de trouver des développements plus nouveaux et plus nombreux. Dans cette comédie du père Porée, Misopon, le héros de la pièce, est tout-à-fait un jeune homme de bonne maison de ce temps-là, né pour le travail du barreau et qui s'efforce de rejeter loin de lui la toge paternelle. Misopon n'a pas de vices, mais il est sur le point de les avoir tous, par la raison qu'il est oisif. Misopon a été élevé avec soin, il a eu un excellent professeur de rhétorique, il a remporté des prix au collége, il sait le droit ; mais il dort toute la grasse matinée et le reste du temps il l'emploie à des conversations frivoles. L'auteur comique a placé fort habilement son jeune homme oisif entre son grand-père, son tuteur, son père nourricier, son ami, son valet de chambre, hommes actifs et fidèles, et je ne sais quels coureurs de cafés, de théâtres et autres lieux publics, qui apportent leur oisiveté de chaque jour dans la maison de Misopon. Une lutte s'établit donc entre les uns et les autres, pour savoir à qui remportera la victoire sur ce faible cœur. La victoire est long-temps balancée ; mais enfin c'est le travail qui l'emporte sur l'oisiveté, et Misopon qui pendant deux actes de la pièce a été le *président de l'Académie des Paresseux*, abjure si bien ses erreurs, qu'il sera avant peu président du parlement de sa province.

Ceux qui savent bien le latin (et quoiqu'il y en ait beaucoup qui l'aient appris de nos jours, il y en a fort peu qui le sachent, peut-

(1) Voici le titre de ces tragédies : *Brutus* (Voltaire y a pris plusieurs scènes)—*Le Martyre de sainte Emernegilde ; — la Mort de l'empereur Maurice ; —Sennacherib, roi d'Assyrie ; — Séby-Myrza, fils d'Abbas, roi de Perse ; — le Martyre de saint Agapit.*

être les professeurs leur ont-ils manqué) comprendront que c'est surtout par ses détails, que peut se soutenir cette fable dramatique. Les détails en sont charmants, pleins de goût, pleins de grace et d'un badinage tout-à-fait digne de Térence ; et à ce propos, je serais fier plus qu'on ne saurait dire, si j'avais attrapé quelques-uns des tours si vifs, si vrais et si ingénieux du père Porée. Du reste, je puis assurer que depuis long-temps pareille bonne fortune ne m'était arrivée ; aussi m'en suis-je donné à cœur-joie ! Revenir à cette belle époque de fortes et savantes études, s'amuser de la même comédie qui, à plus d'un siècle de distance, amusa tant de savants personnages, et les fit rire d'un rire si élégant, si savant et si inattentif ! Retrouver à chaque ligne des vestiges indubitables, de l'ancienne urbanité française, rire à part moi de cette douce humeur latine et de cette aimable ironie, qui furent si piquantes dans le vieux langage régénéré de Plaute et de Térence ; et puis, passer trois jours de sa vie à faire une longue version, comme aux beaux temps de ses humanités. Quelle joie ! Vous est-il jamais arrivé de rencontrer tout à coup, au milieu d'une rêverie, un essaim de jeunes écoliers à la promenade, riants, vifs, joyeux, animés ; et leur voix légèrement glapissante, s'élève jusqu'au ciel ! Alors vous vous placez sur la lisière du bois et vous les regardez jouer. Vous voilà redevenu le Lycéen d'il y a quinze ans. Vous prenez fait et cause pour tel parti contre tel parti. Peu s'en faut même, que vous ne mettiez habit bas et que vous ne criiez : — *Barres!* mais ils ne voudraient pas de vous ; vous êtes devenu trop gros et trop fatigué, vous ne savez plus courir.

Ou bien, ce qui est mieux encore, vous est-il arrivé, de quitter les beaux quartiers de luxe et de fortune, de transporter vos pénates ennuyés dans les hauteurs du quartier Saint-Jacques, d'habiter quelque maison voisine d'un pensionnat ? Pour vous c'est fête tous les jours. Votre belle quinzième année revient à vous chargée de livres et de couronnes, vous n'êtes plus un homme, vous êtes mieux qu'un homme grave, vous êtes un écolier joyeux. Vive la joie ! plus de mauvais livres à faire, mais de bons livres à lire et à étudier. Plus de critique au jour le jour, frivole et inutile distraction d'une heure ; mais la grande, la sainte et éternelle critique, celle qui commence immédiatement après Homère, qui se forme sous Aristote, et qui s'arrête à Despréaux ! C'en est fait, grace à cet heureux voisinage vous remontez jusques à votre jeunesse. La cloche du matin vous réveille doucement, la cloche du déjeuner se fait entendre ; vous en reconnaissez le moindre tintement, avec quels transports ! Dieu le sait ! Vous voilà revenu à votre horloge d'autrefois. Il vous semble que vous êtes encore là dans ces murs, là dans ces vifs chagrins et dans ces vives joies de chaque jour. Que de bons rêves on fait alors !

Ainsi ai-je été pendant trois jours que j'ai traduit ma comédie du père Porée. Rêverie pleine d'intérêt et de charme, elle a duré trois jours. Encore une fois, j'ai été un écolier heureux et inoffensif. Il m'a semblé, tant qu'a duré le facile travail, que je n'avais pas quitté le collége. Je me suis levé et couché au son de la cloche du collége, j'ai entendu les cris joyeux du collége, j'ai entendu à mes oreilles le beau langage du collége, j'ai été heureux d'un bonheur digne d'envie ! Mais, hélas ! c'est en vain que j'ai voulu le prolonger plus long-temps cet aimable travail, il a fallu arriver au dénouement. Ma version finie, toutes mes visions se sont enfuies bien loin ; comme le rêve après le sommeil. Mon livre fermé, me voilà rendu à la vie réelle et au théâtre de chaque jour ! Adieu l'ironie en latin, adieu le savant langage, adieu les jeux innocents d'une scène innocente ! Me voilà de plus belle dans les tirades, dans les couplets, dans les quolibets, dans les comédiens du théâtre de chaque jour. Quel malheur de se plonger de nouveau dans cette étouffante vapeur du théâtre, quand on a humé avec tant de délices l'air classique pendant trois jours !

Jules JANIN.

NOTE DES ÉDITEURS. La pensée d'ajouter à la collection du THÉATRE EUROPÉEN un volume de pièces traduites du latin moderne, nous a été suggérée par les leçons de M. Saint-Marc-Girardin, dans son cours de littérature professé à la Sorbonne. Nous reparlerons en tête du *Pœsophilus* (le Joueur) de nos obligations au professeur érudit qui a le premier appelé l'attention du public lettré sur le père Porée et ses œuvres dramatiques.

LE PARESSEUX

COMÉDIE.

PERSONNAGES.

MISOPON, le paresseux.
TISAGORE, grand-père paternel de Misopon.
TIMANTE, tuteur de Misopon.
CLÉOGÈNE, parent de Misopon.
CRITOBULE, ami de Misopon.
PÉDOTROPHE, père nourricier de Misopon.
ERGASTE, serviteur dévoué et laborieux.
EUMOLPE, maître de chant.
AMPHITHEOR, grand coureur de théâtres.
NÉOPISTE, médisant et nouvelliste.
MOROLOGE, stupide et mauvais plaisant.
PHILOMÈLE, maître de musique.
DÉDALOCHIRE, mathématicien et mécanicien.
ÉPIGRAPHE, peintre d'enseignes.
HYDROTHERME, limonadier.
CHARTOPHORE, employé d'une maison de jeu.
DROME, ancien serviteur de Misopon.

La scène se passe à Paris, dans la maison de Misopon.

ARGUMENT.

Misopon, jeune homme de bonne maison, est encore en puissance de tuteur. Entraîné par la force des mauvais exemples et des mauvais conseils, ce jeune homme a résolu de vendre la charge de son père, ancien magistrat, et de se débarrasser ainsi d'une profession difficile. Cette résolution de son petit-fils jette l'alarme dans la maison de Tisagore, le grand-père. Cependant Misopon, pendant que ses parents délibèrent, imagine avec ses amis de fonder l'*Academie des Paresseux*, plaisante contre-partie de cette savante académie italienne qui s'intitule modestement : l'*Académie des Oisifs*. Quand son Académie des Paresseux est fondée, Misopon en est nommé président; c'est lui qui choisit les académiciens, c'est lui qui juge les titres des aspirants; peu s'en faut même, qu'il ne donne à sa réception une solennité burlesque, lorsqu'enfin, rendu à lui-même par les sages conseils de ses anciens condisciples, il consent à laisser là sa paresse et à prendre la robe de magistrat.

ACTE PREMIER.

SCÈNE I.

TIMANTE, ERGASTE.

TIMANTE.

Personne ici, personne qui me réponde? Je ne vois personne, je n'entends personne! Je crois, Dieu me pardonne, qu'il ne fait pas encore jour. Quel sommeil! ils en sont accablés. Pauvre maison, que j'ai vue si remplie de travail et de vigilance, dans quelles mains tu es tombée!

ERGASTE.

Par pitié, monsieur, modérez votre voix;

votre pupille pourrait vous entendre. Cependant, béni soit le jour où vous revenez parmi nous, après une si longue absence! Mais, s'il vous plaît, prenez patience, car vous arrivez à une mauvaise heure, Misopon, mon cher maître et votre pupille, est encore entre deux draps.

TIMANTE.

A quelle heure donc se lève-t-il?

ERGASTE.

A quelle heure? Il est plus facile de dire à quelle heure il ne se lève pas. A coup sûr il ne se lève ni à quatre heures du matin, ni à cinq heures, ni à six heures, ni aux heures suivantes; mais dire à quelle heure il se lève, voilà le *hic!* D'ordinaire il se réveille entre neuf et dix heures du matin; mais une fois réveillé, n'espérez pas qu'il se lève. Donnez-lui au moins une heure pour son réveil. Alors il m'appelle à quatre reprises; on dirait qu'il va sortir de son lit, vain effort! Il retombe sur sa couche, il se tourne à droite, il se tourne à gauche, jusqu'à ce qu'il soit tout-à-fait fatigué de dormir. Tenez, je l'entends qui sonne. (*On entend le bruit d'une sonnette.*) C'est son premier réveil de ce matin, mais il ne sera pas long-temps à se rendormir.

TIMANTE.

Va lui dire que son tuteur est là, de retour d'un long voyage, et qui demande à le voir.

ERGASTE.

Avec votre permission, monsieur, le tuteur le plus cher à votre pupille c'est le sommeil.

TIMANTE.

Dis-lui cependant qu'il se lève aussitôt et qu'il me vienne parler sur-le-champ. C'est fort mal à mon pupille de dormir la nuit et le jour, pendant que moi, son tuteur, je veille nuit et jour sur ses intérêts.

ERGASTE.

Je vais l'avertir, l'arracher à son lit, et je vous l'amène ici, bon gré, mal gré, si je puis.

SCÈNE II.

TIMANTE, *seul.*

O Dieux! dans quel siècle et dans quel pays vivons-nous? Quelle triste paresse s'est de nos jours emparée des jeunes gens les plus riches et les mieux nés! Nos pères avaient pour coutume : peu de sommeil et beaucoup de travail; leurs enfants tout au rebours, ne pensent qu'à se reposer et à dormir. Et pourtant, le bien le mieux acquis, loin d'augmenter dans l'oisiveté et le sommeil, s'en va vite!

SCÈNE III.

MISOPON, TIMANTE, ERGASTE.

ERGASTE, *dans la coulisse, et poussant son maître.*

Avancez donc... avancez... vous dis-je!... arrivez, même ainsi vêtu; ne faites pas attendre votre tuteur.

MISOPON, *à demi vêtu.*

Pardon, mon cher tuteur, si je viens à vous dans ce simple appareil! Mais qui pouvait s'attendre à vous voir, si matin, à peine de retour d'un si long voyage?

TIMANTE.

Si matin! En effet le soleil n'est pas encore à la moitié de sa course.

MISOPON, *regardant le ciel.*

Est-il donc si tard? Et moi qui me croyais au point du jour! Cependant ne m'en voulez pas, mon tuteur; si je dors le jour, c'est que je ne dors pas la nuit.

TIMANTE.

Quoi d'étonnant? les grands dormeurs dorment dans tous les temps. Cependant tu pourras aller te recoucher quand tu auras répondu à mes questions. Ce qu'on m'a écrit et ce que j'ai appris en arrivant ici, est-il vrai?

MISOPON.

Faites vos questions, mon tuteur, c'est à moi d'y répondre. Mais asseyons-nous, de grace! vous entendrez mes réponses plus à votre aise.

TIMANTE.

Monsieur mon pupille, si vos réponses sont bonnes, je suis assez à l'aise pour les entendre. Dites-moi donc : est-il vrai que vous avez le projet de vendre à un autre la charge que vous a laissée votre père en mourant?

MISOPON.

C'est là en effet mon projet. J'ai là-dessus des idées toutes différentes de celles que j'avais autrefois; et je me sens très éloigné de remplir cette charge.

TIMANTE.

Mais je vous ai vu autrefois dans un meilleur esprit et dans des pensées plus salutaires.

MISOPON.

Je ne me souviens guère de m'être jamais donné la peine de penser.

TIMANTE.

A quoi donc pensiez-vous quand vous faisiez votre droit, sinon à entrer dans la magistrature?

MISOPON.

Est-ce à dire que celui qui fait son droit pense vraiment à quelque chose?

TIMANTE.

Et si vous n'avez pas pensé à la charge de votre père, lui vivant, lui mort n'avez-vous pas songé qu'un jour vous prendriez sa place, que même pour la remplir plus tôt vous demanderiez une dispense d'âge et qu'avec ma protection vous l'obtiendriez ?

MISOPON.

Je n'ai jamais eu pareille idée, je vous jure. Tant que mon excellent père a vécu, je n'ai pris souci de rien dans la vie; je m'étais reposé sur lui de moi et de mon avenir ; à présent qu'il est mort, je ne prends plus conseil que de moi-même et dans l'intérêt d'une douce et heureuse oisiveté.

ERGASTE.

Une vie oisive, c'est vrai, mais heureuse, non pas.

MISOPON, *à Ergaste.*

Qu'est-ce à dire ? Ne suis-je pas un homme heureux par lui-même et par ses amis?

ERGASTE.

Heureux! avec cet insipide rieur et éternel bavard, votre ami Morologe; heureux avec cet infatigable amateur de comédies, votre ami Amphitheor; heureux avec votre ami Néopiste, ce colporteur de riens, cet homme chargé de médisances; heureux par tous les amis de cette espèce, qui, presque malgré vous et malgré votre bonne nature, par leurs perfides conseils autant que par leur mauvais exemple, vous ont arraché à une vie laborieuse et honorable, pour vous jeter dans cette déplorable oisiveté?

MISOPON.

Il me semble, drôle, que vous changez de rôle, et que de mon valet vous vous faites mon mentor!

TIMANTE.

Mon pauvre Ergaste, tais-toi; j'attends la réponse de ton maître. Et pourquoi donc (*à Misopon.*) mon pupille renonce-t-il ainsi de gaîté de cœur aux travaux et aux utiles honneurs de la magistrature?

MISOPON.

Si je vous dis pourquoi, vous ne me croirez pas.

TIMANTE.

Pourquoi non, si ce que vous dites est croyable?

MISOPON.

Vous pensez peut-être que je suis un paresseux?

TIMANTE.

Mais... je ne suis pas très loin de le penser.

ERGASTE.

Pour moi c'est là une opinion bien arrêtée.

MISOPON.

En ce cas à votre aise; puisque vous le voulez, c'est purement et simplement de la paresse, j'y consens.

TIMANTE.

Mais au moins dites-moi cette bonne raison?

MISOPON.

Franchement la voici ! Ce qui m'empêche d'être magistrat, c'est ma conscience.

ERGASTE, *riant.*

Ha! ha! ha! voilà une bonne raison.

TIMANTE.

Votre conscience? Expliquez-vous! Qu'entendez-vous par votre conscience?

MISOPON.

Vous l'avouerez avec moi, mon tuteur; rendre la justice, c'est là un métier périlleux.

TIMANTE.

Je l'avouerai.

MISOPON.

Les devoirs du juge, vous ne l'ignorez pas, sont d'une haute importance. Ne rien accorder à l'amitié, rester inflexible aux prières, être insensible aux présents, n'être touché que par la vertu et le bon droit, voilà ce que j'appelle une mission difficile.

ERGASTE.

Et qu'on peut aussi appeler un grand travail, n'est-ce pas, mon maître?

MISOPON.

Oui, certes, une difficile et en même temps une pénible vocation.

TIMANTE.

Il n'y a rien à répondre. Et après?

MISOPON.

Quand bien même tout le monde s'accorderait à me reconnaître autant de vertus que vous en avez vous-même, mon cher tuteur, je verrais bien que c'est là une fiction.

TIMANTE.

Ne parlons pas de moi. Mais pourquoi donc êtes-vous arrêté par des scrupules qui n'arrêtent pas plus d'un jeune magistrat de votre âge?

MISOPON.

Ce n'est pas à moi de les accuser de trop de confiance en eux-mêmes, mais ma conscience m'empêche de les imiter.

TIMANTE.

En ce cas, pourquoi, avec votre nom, ne pas entrer dans l'armée? Vous avez un oncle qui est l'honneur de son corps; faites-vous militaire et suivez ses traces.

MISOPON.

Voici encore le danger d'être un homme de guerre. Ne rien laisser à la licence du soldat, ne rien permettre et ne rien souffrir qui soit contre le droit des gens, c'est là un danger auquel ma conscience me défend encore de m'exposer.

ERGASTE, *à part.*

Il veut dire sa paresse.

TIMANTE.

Et votre conscience vous défend-elle aussi de remplir une charge à la cour?

MISOPON.

Si l'on juge la cour d'après le jugement et les discours des plus sages, c'est le lieu du monde où la voie est la plus glissante, où la vertu court le plus de risques de faire un faux pas; là tout vous pousse, les chutes sont communes, les accidents sont graves. Croyons-en l'expérience des sages; n'allons pas nous exposer de gaîté de cœur à ce danger; voilà, voilà le cri de ma conscience.

TIMANTE.

J'étais loin de m'attendre à vous trouver une conscience si timorée.

MISOPON.

Voilà pourtant comme je suis, mon cher tuteur.

TIMANTE.

Et cette conscience qui vous éloigne de tout emploi, pourquoi donc ne vous fait-elle pas renoncer à la vie oisive et inutile que vous menez?

MISOPON.

Ma conscience ne me fait aucun reproche.

TIMANTE.

Et voilà mon étonnement! Les hommes sont ainsi faits: timides et réservés hors du danger, toujours prêts à affronter ce qui est vice ou péril.

MISOPON.

Comment voulez-vous que ma conscience me fasse un seul reproche? Suis-je donc un joueur sans frein comme Pæsophile? ou bien un damné buveur comme est Œnophile? ou bien encore un débauché comme Philédon?

TIMANTE.

Je sais fort bien ce que vous n'êtes pas. Vous n'êtes, il est vrai, ni un joueur, ni un buveur, ni un libertin, bien que l'oisiveté puisse faire de vous, et elle le fera bientôt, un joueur, un buveur, un libertin. Mais pourquoi parler de l'avenir? ne parlons que du présent. Vous avez fort bien su me dire ce que vous n'êtes pas; à présent dites-moi qui vous êtes, s'il vous plaît!

MISOPON.

Qui je suis? véritable énigme! Je suis ce que je suis, ce que vous voyez que je suis.

TIMANTE.

Je m'explique. Dites-moi quelle place vous occupez dans votre famille, dans votre patrie?

MISOPON.

Dans ma famille je suis le fils de mon père, dans ma patrie je suis un citoyen inoffensif.

TIMANTE.

Un citoyen sans vice, mais aussi sans vertu; un homme inutile et parfaitement inoccupé.

MISOPON.

Me mettez-vous, je vous prie, au nombre de ces importuns sans mission, qui se mêlent impudemment aux affaires qui leur sont les plus étrangères, insipides brouillons qui ne se donnent aucun repos, odieux à tous et à charge à eux-mêmes? Certes, rien ne ressemble moins à mes inclinations.

TIMANTE.

Qui vous parle d'être un de ces hommes affairés sans affaires? Je veux seulement vous arracher à l'oisiveté. Qui vous parle de faire les affaires d'autrui? Je veux que vous fassiez les vôtres autant que cela est en vous. Je veux aussi que parfois vous fassiez des affaires d'autrui vos propres affaires.

MISOPON.

Mais, grace à vous, mon bon tuteur, mes affaires sont en si bon ordre que je n'ai pas à m'en occuper; quant aux affaires d'autrui, je cours le danger de les gouverner trop mal, et, encore une fois, je suis arrêté par ma conscience.

TIMANTE.

Et moi aussi ma conscience me défend de disputer plus long-temps avec un honnête jeune homme si rempli de délicatesse et de scrupules. Je vais de ce pas trouver votre grand-père Tisagore et me consulter avec lui, sur cette place de magistrat que vous rejetez si loin. Mon cher pupille, portez-vous bien et surtout reposez-vous.

MISOPON.

Pardon, mon cher tuteur, si je ne vous reconduis pas plus loin, mais dans un pareil accoutrement...

SCÈNE IV.

MISOPON, ERGASTE.

MISOPON.

Ergaste, vite, vite un siége!

ERGASTE.

En voici un à côté de vous. Approchez-vous et asseyez-vous!

MISOPON.

Approche cette chaise. Mon tuteur m'a fait mourir à force de me tenir debout. Je sens mes jambes fatiguées qui chancellent sous moi. — Ahi !

ERGASTE.

Asseyez-vous. Reposez vos jambes et votre corps.

MISOPON, *nonchalamment assis.*

Quel mauvais siége ! qu'il est dur !

ERGASTE.

Quel siége vous faut-il donc, monsieur ?

MISOPON.

Parle-moi d'un bon fauteuil, où tout le corps se place à son aise, où l'on est à la fois assis et couché.

ERGASTE.

Dans la chambre à côté est votre lit, sur lequel vous pourrez vous asseoir ou vous coucher à volonté.

MISOPON.

Oh ! qui me donnera un de ces commodes fauteuils comme celui que j'ai vu l'autre jour chez ce riche et bien portant Molosse, et dans lequel il dormait d'un si paisible sommeil, pendant que ce pauvre Macrin, le poète, lui récitait humblement ses vers !

ERGASTE.

Nous y penserons. Maintenant plaît-il à monsieur de s'habiller ?

MISOPON.

Oui... non... Comme tu voudras.

ERGASTE.

Apporterai-je ici les habits de monsieur ?

MISOPON.

Apporte. Ah !... ah !... ahi !... Je ne sais pas, mais voilà le bâillement qui me vient, les bras me tombent. Bien certainement je n'ai pas assez dormi aujourd'hui.

ERGASTE, *apportant l'habit de son maître.*

Voici votre habit.

MISOPON.

Qu'en dis-tu ?

ERGASTE.

Je dis qu'il faut vous lever si vous voulez passer votre habit.

MISOPON.

Ce n'est pas là la réponse à ma question.

ERGASTE.

Quelle question ?

MISOPON.

Je te demande si tu penses que j'aie assez dormi ce matin ?

ERGASTE.

Il me semble que c'est à vous de le savoir.

MISOPON, *ouvrant ses yeux à demi-fermés.*

Je veux voir... c'est cela... ! je veux voir... je n'y vois pas assez.

ERGASTE.

Regardez plutôt si vous voulez mettre votre habit.

MISOPON.

J'y penserai.

ERGASTE.

Ne voulez-vous donc pas vous habiller ?

MISOPON.

Non !

ERGASTE.

Vais-je remporter votre habit ?

MISOPON.

Non !

ERGASTE.

Mais que faire ?

MISOPON.

Attends un peu.

ERGASTE.

Que voulez-vous que j'attende ?

MISOPON.

Quoi que tu dises et quoique tu fasses, tu es toujours trop pressé.

ERGASTE.

Mais enfin ?

MISOPON.

Il est impossible de me violenter davantage.

ERGASTE.

Mais encore ?

MISOPON.

En toutes choses on ne saurait se hâter trop lentement, trop doucement, trop tranquillement.

ERGASTE.

Hélas !

MISOPON.

Il faut savoir commander à ses passions.

ERGASTE, *frappant du pied.*

O la paresse ! la paresse !

MISOPON.

Allons, te voilà encore hors de toi ! C'est donc en vain que chaque jour je te donne des leçons de modération ?

ERGASTE.

Par les dieux !

MISOPON.

N'invoque pas les dieux !

ERGASTE.

Par les hommes donc, sinon par les dieux ! sortez de cette langueur, si vous voulez qu'enfin je me contienne !

MISOPON.

La paix soit avec toi ! La paix ! la paix ! de grace, et réponds-moi tranquillement.

ERGASTE.

Ah !

MISOPON.

Excepté mon tuteur, n'est-il venu personne ce matin ?

ERGASTE.

Votre cousin Cléogène est venu.

MISOPON.

Mon cousin Cléogène; celui qui a un procès avec Démocrate?

ERGASTE.

Lui-même. Il est venu vous prier d'aller enfin solliciter les juges, que vous vous étiez chargé d'aller voir pour son procès.

MISOPON.

Qu'il soit tranquille, j'irai.

ERGASTE.

Mais c'est qu'il ne l'est pas tranquille! Il dit que sa partie est puissante et qu'il perdra à coup sûr, si vous n'intercédez pour lui.

MISOPON.

Quel mal y a-t-il à laisser son procès aller tout seul? Pourquoi mon cousin ne reste-t-il pas comme moi en repos?

ERGASTE.

Voulez-vous donc qu'il se laisse tranquillement dépouiller et déposséder de son patrimoine?

MISOPON.

C'est une bonne chose un bon patrimoine; mais aussi c'est une excellente chose le repos. Donc que mon parent soit en repos. — Il n'est encore venu personne?

ERGASTE.

Le bon homme Pédotrophe est venu.

MISOPON.

Mon père nourricier?

ERGASTE.

Oui, lui-même, votre père nourricier.

MISOPON.

Comment va-t-il?

ERGASTE.

Assez mal; il paraît fort inquiet.

MISOPON.

Je le plains, car c'est un homme que j'estime de tout mon cœur.

ERGASTE.

Il a dit qu'il repasserait.

MISOPON.

Il sera toujours le bienvenu; je veux l'entretenir moi-même quand j'aurai le temps. Dis-lui cependant qu'il se tienne en repos.

ERGASTE.

Monsieur mettra-t-il enfin son habit?

MISOPON.

Pas encore; je vais me jeter un instant sur mon lit; un peu de sommeil et de repos me fera grand bien.

SCÈNE V.

ERGASTE, *seul.*

Dieux immortels! jusques à quand enfin me faudra-t-il lutter avec cette nonchalance? Je te dépose sur cette chaise, habit trop lourd pour mon maître; repose ici pendant que lui repose là-bas. Insensé et malheureux que je suis! je travaille nuit et jour, je me tue à la peine pour mon maître, et personne ne m'en sait gré. Mais laissons dormir mon maître tant qu'il voudra dormir. A son exemple je vais me jeter à corps perdu dans les bras du sommeil. Vive l'oisiveté! (*Il s'assied sur une chaise et cherche vainement à s'endormir.*) Cependant, à dormir, la maison ne sera pas en ordre. Mais que m'importe? la maison est à mon maître, non à moi. Dormons. — Oui, mais si le maître est ruiné, le serviteur est ruiné aussi. Et alors? alors, adieu Misopon, et vienne un autre maître. Dormons.

SCÈNE VI.

PÉDOTROPHE, ERGASTE.

PÉDOTROPHE.

Peut-on enfin parler à votre maître?

ERGASTE.

Pas encore.

PÉDOTROPHE.

Quand donc?

ERGASTE.

Mon maître repose.

PÉDOTROPHE.

Malheureux que je suis! Mais quand donc, encore une fois, votre maître sera-t-il debout?

ERGASTE.

Je ne sais. Allez dans le cabaret voisin et restez en repos.

PÉDOTROPHE.

O paresse! mal funeste! comme tu peux gâter les plus heureux naturels! Mon fils nourricier, qui était un enfant si éveillé et d'un si bon cœur, le voilà qui dort sur l'une et l'autre oreille, sans songer que son pauvre père nourricier a besoin de lui! Moi qui autrefois...

ERGASTE.

Sortez d'ici; allez dormir si vous pouvez, ou tout au moins laissez-moi dormir... Dormons donc!

SCÈNE VII.

DROME, ERGASTE.

DROME, *réveillant Ergaste qui dort sur une chaise.*

Holà! eh! l'ami Ergaste! réveille-toi et reconnais ton ancien camarade Drome!

ERGASTE.

Mon ancien camarade Drome, laisse-moi tranquille, je dors!

DROME.

Cela te va bien de dormir tant que tu as un maître à servir; attends au moins que la fortune te regarde d'un œil plus favorable et te donne un valet à ton tour. Cependant lève-toi et annonce-moi à ton maître sur-le-champ.

ERGASTE.

Mon maître et moi nous dormons.

DROME.

Il faut que sans retard je remette cette lettre en ses mains.

ERGASTE, *contrefaisant la voix de Misopon.*

Attends un instant.

DROME.

La chose presse.

ERGASTE.

En toute chose on ne saurait se hâter trop lentement, trop doucement, trop tranquillement.

DROME.

Qu'on a bien raison de dire: —*Tel maître tel valet!*

ERGASTE, *se levant précipitamment.*

Oserais-tu mal parler de mon maître et de moi?

DROME.

Pourquoi ne pas remplir ton devoir? Je dois parler à ton maître.

ERGASTE.

Veux-tu laisser mon maître dormir en paix?

DROME.

Mais...

ERGASTE.

Fais-moi l'amitié de t'en aller au plus vite ou de t'endormir à mes côtés.

SCÈNE VIII.

MISOPON, ERGASTE, DROME.

MISOPON.

Quel est ce bruit, et qui vient donc troubler ainsi mon sommeil? Est-ce toi, Drome? Par quel hasard viens-tu chez moi, mon garçon?

DROME.

Si je viens ici, monsieur, et si j'interromps votre sommeil, c'est pour vous remettre une lettre que le seigneur Thémiste m'a chargé de vous porter en toute hâte.

MISOPON, *ouvrant la lettre.*

J'ai l'honneur de connaître le seigneur Thémiste; c'est un sage et vertueux magistrat, un ancien ami de mon père.—Serais-tu de sa maison?

DROME.

Pas encore, monsieur, mais bientôt, je l'espère. Après la mort de votre noble père, notre bon maître, j'avais résolu de n'être plus à personne; mais voici que la nécessité me force à renoncer au repos que je m'étais promis.

MISOPON.

M. Thémiste me demande par sa lettre si je connais Cléogène, dont le procès est porté devant lui aujourd'hui. Tu diras à M. Thémiste qu'il est en effet connu de moi sous les plus excellents rapports.

DROME.

M. Thémiste m'avait dit que je lui rapporterais une réponse de vous, monsieur.

MISOPON.

Rapporte-lui cette réponse.

DROME.

Vous n'avez pas autre chose à lui mander?

MISOPON.

Tu lui diras encore que je recommande très particulièrement à sa justice mon ami Cléogène.

DROME.

Pardon, monsieur; mais M. Thémiste ne vous parle-t-il point de moi dans sa lettre?

MISOPON.

Pas un mot, que je sache!

DROME.

Voyez pourtant.

MISOPON.

Il est vrai... je n'avais pas lu la lettre jusqu'au bout. M. Thémiste me demande ce que je sais de tes qualités, de ta probité, de tes mœurs; tu lui diras que je te sais raisonnablement paresseux et nonchalant, mais que du reste...

DROME.

Il est vrai, monsieur, que j'ai aimé autrefois l'oisiveté, que le travail me faisait peur; mais je me suis bien corrigé un jour que j'entendis mon excellent maître, votre père, qui me disait: *L'oisiveté est la mère de la misère.*

MISOPON.

Tu diras donc à M. Thémiste qui tu es aujourd'hui un garçon laborieux, honnête, fidèle et de bonnes mœurs.

DROME.

Monsieur, ce me serait une grande faveur si vous vouliez écrire cela vous-même à celui qui m'envoie.

MISOPON.

Pour te servir, je le veux bien. Mais à quoi bon une lettre? tu diras à M. Thémiste que c'est moi qui t'envoie dire cela de toi, et tu invoqueras mon témoignage au besoin.

DROME.

Pourtant....

ERGASTE.

Pourtant... Qu'attends-tu de plus? Va-t-en!

sors. Va! cours! rapporte à qui t'envoie la réponse de mon maître et prends garde de la perdre.

SCÈNE IX.

MISOPON, ERGASTE.

MISOPON.

Ergaste, prends cette lettre et mets-la avec les autres lettres auxquelles je dois répondre.

ERGASTE.

Je serais bien embarrassé de dire à quelles lettres vous devez répondre; il est vrai que vous promettez de répondre à toutes les lettres que vous recevez, mais vous ne répondez pas à une seule.

MISOPON.

Bien certainement, je répondrai aujourd'hui même.

ERGASTE.

Plusieurs lettres sont là qui attendent une réponse.

MISOPON.

Il faudra voir quelles sont les plus pressées.

ERGASTE.

Regardez cet immense tas de lettres.

MISOPON.

Qui donc, je te prie, m'a accablé sous ce monceau?

ERGASTE.

Ceci est le résultat de la diligence de ceux qui vous écrivent et de votre négligence à leur répondre.

MISOPON.

Au diable le malavisé qui a introduit dans le monde cette exécrable habitude d'écrire des lettres et d'y répondre! Comme si les hommes s'aimaient davantage pour s'accabler sous ces verbeuses et inutiles protestations d'amitié et de dévouement!

ERGASTE.

En effet, celui-là a rendu un triste service à la société en réunissant par ce moyen les hommes que l'absence sépare. Désormais l'ami est réuni à son ami malgré la distance. Voyez le grand malheur! Cependant cessez vos plaintes, monsieur; les lettres de vos amis deviennent moins fréquentes de jour en jour, et m'est avis que bientôt vous n'en recevrez plus une seule.

MISOPON.

Dieu t'entende! Cependant de temps à autre il y a des lettres qu'on ne peut laisser sans réponse; et puisque aujourd'hui, par exemple, je me suis levé plus matin qu'à l'ordinaire, je vais mettre à profit l'absence de mes amis de chaque jour. Apporte-moi donc une plume et du papier.

ERGASTE.

Voici tout ce qu'il vous faut pour écrire: l'encre, les plumes, le papier et aussi la cire à cacheter et votre cachet.

MISOPON.

La cire et le cachet, à la bonne heure; mais allume aussi une bougie.

ERGASTE.

J'allumerai la bougie quand il en sera temps.

MISOPON.

Quand il en sera temps? Et tu te figures que je ne vais pas écrire sur-le-champ? Et tu restes là immobile! Qu'attends-tu donc? ne te dis-je pas de te hâter?

ERGASTE.

Ce n'est pas à moi qu'il faut dire: *hâte-toi!* mais bien à vous-même, monsieur. Cependant je me hâte.

MISOPON, *déployant les lettres.*

Il faut d'abord que je sache à quelles lettres je dois répondre aujourd'hui même, à quelles lettres je répondrai demain et quelles réponses je puis remettre à un autre jour. L'ordre avant tout et pour tout! La première des sciences c'est de savoir diviser son temps. Le temps c'est comme l'argent; il faut payer d'abord les créanciers les plus anciens.

ERGASTE.

Voici d'abord une bougie allumée. Eh quoi! vous n'avez pas encore décidé à quelles lettres vous devez répondre?

MISOPON.

Je ne suis pas très diligent, il est vrai, il faut donc que je sois un homme d'ordre.

ERGASTE.

C'est prudence à vous. Cependant voilà ma crainte; quand vous saurez par où commencer, saurez-vous comment commencer?

MISOPON.

Voici d'abord les lettres du mois de janvier de l'année mil sept cent trente-neuf[1]; janvier, mars, février, juin, avril, de l'an mil sept cent trente-neuf; ce sont là de trop vieilles lettres pour y faire réponse. Qu'en dis-tu?

ERGASTE.

Je pense comme vous. Ce sont là de trop vieilles lettres pour y répondre.

MISOPON.

Ceux-là même qui les ont écrites n'y songent plus.

ERGASTE.

Ce n'est pas là tout-à-fait mon avis.

(1) La comédie du père Porée est de 1740.

MISOPON.

Voici des épîtres plus récentes. C'est à celles-là qu'il faut répondre, si elles méritent une réponse, bien entendu.

ERGASTE.

Vous verrez qu'il n'y a rien là-dedans qui mérite une réponse.

MISOPON.

Et d'où vous vient, s'il vous plaît, cette opinion? Savez-vous donc ce que contiennent ces lettres?

ERGASTE.

Nullement. Pourtant rien ne me serait plus facile, car toutes vos lettres vous les oubliez tout ouvertes sur votre table et le premier venu pourrait les lire. Ce que j'en dis, c'est que je suis au courant de vos habitudes; voilà tout.

MISOPON.

Tu es dans l'erreur. Tu vois bien cette lettre du premier octobre mil sept cent trente-neuf? C'est une lettre de mon ami Evagoras, avocat général au parlement. Sais-tu ce qu'il m'écrit dans cette lettre? Il m'invite à passer la belle saison dans sa maison de campagne auprès de Reims. Là, dit-il, nous repasserons ensemble, et en toute liberté d'esprit, toutes nos études du droit civil; mais cette invitation date déjà de l'automne de l'an passé, aux vacances; deux automnes et deux vacances se sont déjà écoulées depuis ce temps. Crois-tu qu'il soit temps encore de me rendre à la maison de mon ami Evagoras?

ERGASTE.

Vraiment, il vous est absolument impossible d'y aller l'an passé.

MISOPON.

Tu vois donc bien qu'il n'y a rien à répondre à cette lettre!

ERGASTE.

Pas le plus petit mot à répondre.

MISOPON.

Qu'est-ce donc que cette triste lettre qui porte ce cachet de deuil? Voilà bien le cachet de Démocrate, mon ami, qui plus tard est devenu mon cousin par alliance. Il m'annonce la mort de ma cousine, de sa femme, qu'il appelle sa très aimée compagne et la plus excellente des femmes! ô douleur! O ma femme! ma femme!

ERGASTE.

Douleur d'autant plus vive qu'une bonne femme est un plus grand bien. C'est pourquoi vous ne pouvez vous dispenser de donner quelques paroles de consolation à votre ami, veuf d'un si rare bonheur.

MISOPON.

C'est que, vois-tu, l'épouse même la plus chère, quand elle a été pleurée un mois ou deux, est assez pleurée. Au troisième mois toute larme a cessé de couler, et en fait de deuil, l'inconsolable époux n'a plus que des habits noirs. Or, voici déjà quatre mois que mon cousin Démocrate a perdu sa très chère épouse; à coup sûr il ne m'a pas attendu jusqu'à présent pour se consoler. Tu vois donc bien qu'il est inutile de lui écrire! Qu'en dis-tu?

ERGASTE.

Je dis tout-à-fait comme vous.

MISOPON.

Si je lui écrivais, je courrais le risque de rouvrir une blessure encore saignante.

ERGASTE.

Cela est très vrai.

MISOPON.

Donc, il n'est pas besoin d'écrire.

ERGASTE.

Absolument.

MISOPON.

Tu vois bien que dans toutes ces lettres il n'y en a pas une seule qui mérite une réponse.

ERGASTE.

Je le vois bien. Et n'y a-t-il rien non plus qui vaille une réponse, dans cette lettre que je vois encore renfermée dans votre livre de musique où elle est déjà depuis plusieurs jours?

MISOPON.

C'est une lettre de ma grand'mère que j'aime tant, si bienveillante pour moi toujours et qui m'a fait tant de bien depuis que je suis au monde!

ERGASTE.

Il est très heureux que vous trouviez enfin une lettre qui vaille une réponse.

MISOPON.

Répondons sur-le-champ. Mais dans quel jour de la semaine sommes-nous?

ERGASTE.

Nous sommes au dix février.

MISOPON.

Je te demande quel jour part le courrier de la poste aux lettres?

ERGASTE.

Attendez que je regarde l'almanach; le courrier ne part que deux fois par semaine, le mardi et le samedi.

MISOPON.

Le mardi et le samedi! C'était hier mardi; d'ici à samedi nous avons le temps. Peu importe que j'écrive aujourd'hui ou demain. J'écrirai ma lettre samedi.

ERGASTE.

Fort bien. Voilà ce que je n'avais pas prévu. *(A part.)* La paresse de mon maître me passe cette fois.

MISOPON.

N'oublie pas de me prévenir samedi, si par hasard je n'écrivais pas.

ERGASTE.

Je vous préviendrai. O paresse! ô paresse!

SCÈNE X.

EUMOLPE, MISOPON.

EUMOLPE.

Monsieur prend-il aujourd'hui sa leçon de chant?

MISOPON.

Très volontiers; approchez, Eumolpe, et asseyez-vous près de moi.

ERGASTE.

Je sors; car pour moi, en fait de musique, je n'aime que les chansons rustiques avec l'accompagnement d'une musette bien ronflante.

EUMOLPE.

Je suis heureux, monsieur, de vous voir aujourd'hui tant d'empressement pour l'étude.

MISOPON.

Oui, monsieur, j'y vais de bon cœur. Je doute cependant que je sois en voix aujourd'hui, car je me suis levé plus matin qu'à l'ordinaire.

EUMOLPE.

Votre voix est bonne, et puis en chantant on se fait la voix.

(*Il commence à s'accorder et puis il chante.*)

Volez, volez à la victoire!
Quittez, quittez un indigne repos!
Le laurier immortel que donne la victoire
Ne croît point parmi les pavots.

MISOPON.

Voici des paroles qu'il m'est impossible de chanter; cela est d'ailleurs trop bruyant : je veux quelque chose de plus tranquille et de plus doux.

EUMOLPE.

Soit fait selon vos désirs :

(*Il chante.*)

Par mille maux,
Mille travaux,
Dans la paix, dans la guerre,
Sur la mer, sur la terre
On cherche le repos.
Pour le trouver l'effort est inutile;
On perd ses pas :
Quand on le cherche on ne le trouve pas.
Pour moi je demeure tranquille;
Et, sans sortir de ces lieux,
Je le trouve en fermant les yeux.

MISOPON.

A la bonne heure! voilà des paroles et voilà de la musique! comme cela est calme et doux à l'oreille!

EUMOLPE.

En ce cas, chantez donc et suivez-moi.

Par mille maux,
Mille travaux...

Vous m'entendez?

MISOPON.

Je vous écoute.

EUMOLPE.

Vous m'écoutez, mais vous ne chantez pas.

Par mille maux,
Mille travaux...

MISOPON.

Vous entendre chanter, n'est-ce pas comme si je chantais?

EUMOLPE.

Certes, cela est bien différent! chantez donc.

Dans la paix, dans la guerre,
Sur la mer, sur la terre
On cherche le repos.

MISOPON.

Ainsi soit-il.

On cherche le repos.

EUMOLPE.

Pour le trouver l'effort est inutile;
On perd ses pas.

Accompagnez-moi donc.

Pour le trouver l'effort est inutile.

MISOPON.

A quoi bon vous accompagner?

L'effort est inutile!

EUMOLPE.

On perd ses pas;
Quand on le cherche on ne le trouve pas.

Attention!

MISOPON.

Je suis attentif et je vous comprends :

Quand on le cherche on ne le trouve pas.

EUMOLPE.

Pour moi, je demeure tranquille.

MISOPON.

Ainsi fais-je.

Je demeure tranquille.

EUMOLPE.

Et, sans sortir de ces lieux,
Je le trouve en fermant les yeux.

Vous vous taisez! Je crois, Dieu me pardonne, que vous dormez! Comment voulez-vous apprendre quelque chose en dormant?

MISOPON.

Celui-là est assez savant qui sait dormir. Mais en voilà assez pour aujourd'hui; revenez demain, s'il vous plaît.

EUMOLPE.

J'aurai beau revenir chaque jour, vous serez toujours au même point.

SCÈNE XI.

AMPHITHEOR, MOROLOGE, MISOPON.

AMPHITHEOR.

Je viens me plaindre de vous-même à vous-même, Misopon.

MOROLOGE.

Moi je viens vous raconter une plaisante histoire. Ha! ha! ha!

MISOPON.

Quelle est donc votre plainte, Amphitheor?

AMPHITHEOR.

Tout à l'heure; laissons d'abord parler Morologe.

MISOPON.

Morologe parlera après vous.

MOROLOGE.

Que je parle le premier ou que je parle le dernier, peu importe, pourvu que je parle! Parlez, parlez, Amphitheor; en attendant je vais m'asseoir.

(*Il s'assied sur un tabouret.*)

AMPHITHEOR.

Je vous apporte la plainte des comédiens, car je suis, vous le savez, à la fois leur patron et leur client.

MOROLOGE, *à part.*

Quel homme! Ha! ha! ha!

AMPHITHEOR, *à Morologe.*

Cependant...

MISOPON.

Morologe ne vous écoute pas; n'écoutez pas non plus son bavardage, et apprenez-moi tout de suite de quoi se plaignent ces pauvres comédiens auxquels j'ai voulu et je veux encore tant de bien.

MOROLOGE.

Ha! ha! ha!

AMPHITHEOR.

Ils se plaignent d'abord de ne vous avoir point aperçu ni dans la salle ni sur le théâtre à la première représentation de la comédie nouvelle, *l'Homme affairé.*

MOROLOGE, *à part.*

O souper! souper divin! Ha! ha! ha!

MISOPON.

L'Homme affairé! voilà un bon sujet de comédie; certes je ne manquerai pas d'aller voir ce nouveau personnage et d'en rire de tout mon cœur.

AMPHITHEOR.

On doit donner ensuite une autre comédie, *l'Oisif,* et les comédiens vous supplient d'assister à la première représentation.

MISOPON.

J'y serai, et ils peuvent compter sur un spectateur et sur un acteur très oisif.

MOROLOGE, *à part.*

Par la mort et par la soif! je n'ai jamais assisté à un banquet pareil! Ha! ha! ha!

MISOPON.

Mon cher Morologe, nous sommes joyeux de votre joie; racontez-nous cependant d'où vous vient cette gaîté, afin que nous la partagions.

MOROLOGE.

Très volontiers, très volontiers. Voici mon histoire : mon héros est le plus sot des hommes nés ou à naître; c'est Onagre. Vous connaissez l'homme?

MISOPON.

Je n'en ai jamais entendu parler.

AMPHITHEOR.

J'ai entendu dire qu'il tenait une table magnifique.

MOROLOGE.

A présent vous n'entendrez plus parler que de sa sottise. J'ai soupé chez lui hier et aujourd'hui.

MISOPON.

Hier et aujourd'hui! Vous soupez donc aussi le matin?

MOROLOGE.

Je soupe matin et soir, je soupe soir et matin. A dix heures nous étions à table. Le souper s'est prolongé bien avant dans la nuit. Là nous avons combattu vaillamment, non pas l'épée au poing, mais le verre à la main. A la fin je me suis senti fatigué de combattre, mais non pas de rire. Ha! ha! ha!

MISOPON.

Mais enfin que vous est-il donc arrivé de si risible?

MOROLOGE.

Ce qui m'est arrivé! ha! ha! ha! L'Amphitryon, le plus ignorant des hommes, qui se croit maître passé dans tous les arts, ayant voulu se composer une bibliothèque et mettre dans cette bibliothèque un recueil complet des histoires romaines, n'a-t-il pas acheté tous les livres qu'on appelle vulgairement *des romans.* Ha! ha! ha! Et comme il donne aussi dans le luxe des manuscrits, il s'est fait copier à la main des ouvrages imprimés d'hier. Ha! ha! ha! Il a aussi toutes sortes de prétentions musicales et il ne sait pas une note de musique. Ha! ha! ha! Or il dissertait à perte de vue sur la musique et sur les chanteurs, quand tout à coup voici que mon homme ouvre la bouche pour chanter la romance d'Orphée, Dieu sait avec quel ton sentimental et langoureux! Heureusement il fut interrompu dans sa complainte par un âne qui chantait dans la rue à sa manière. (*Il imite le cri de l'âne.*) Alors je m'écriai : « O mon cher Onagre! vous êtes un véritable Orphée! voici l'âne qui accourt attiré par la douceur de vos chants! — Est-ce votre opinion? répondit Onagre, et croyez-vous, en effet, qu'un animal aussi borné puisse obéir à l'influence d'une belle voix? — Si je le crois! répondis-je; mais moi qui vous parle, j'ai connu un âne qui savait la musique. — Vous avez entendu chanter un âne? me dit-il. — Oui, certes, et si vous le permettez je vous le ferai entendre de vos deux oreilles. Cependant entonnez votre chant, s'il vous plaît. » Il se remit à chanter. Tous les convives riaient tout bas d'étonnement que notre Onagre chanteur n'eût pas compris que je venais de lui raconter à lui-même sa propre histoire; pour moi je riais de toutes mes forces et je criais tout haut : O la belle voix! (*Il imite encore le cri de l'âne.*) Ne trouvez-vous pas comme moi que c'est là une plaisante histoire?

MISOPON.

Oui, certes, c'est là un ridicule personnage. Mais à Dieu ne plaise que jamais j'invite à ma table un homme qui force mes propres convives à se moquer de moi!

MOROLOGE.

Ce n'est pas lui qui m'avait invité; c'est bien moi qui m'étais invité tout seul. Tant pis pour l'âne qui se croit habile quand il n'est qu'un âne; n'est-il pas fait pour servir de jouet à la société?

SCÈNE XII.

NÉOPISTE, MISOPON, AMPHITHEOR, MOROLOGE.

MISOPON.

Quoi de nouveau, Néopiste?

NÉOPISTE.

Rien de nouveau. J'ai vainement parcouru tous les endroits où s'assemblent les donneurs de nouvelles, on n'y dit rien de nouveau.

MISOPON.

Absolument rien?

NÉOPISTE.

Absolument rien.

MISOPON.

Voilà certainement la nouvelle la plus nouvelle que vous nous ayez donnée depuis longtemps.

MOROLOGE.

Mais c'est impossible; vous savez certainement quelque chose de nouveau?

NÉOPISTE.

Que voulez-vous que je vous dise?

MOROLOGE.

Au moins savez-vous en fait de nouvelles que vous n'en savez pas.

NÉOPISTE.

Voulez-vous que j'en invente?

MOROLOGE.

Je n'y vois aucun obstacle. Eh! mon Dieu! les nouvellistes français et étrangers ne sont-ils pas tous aussi bien des faiseurs de nouvelles? Ha! ha! ha!

NÉOPISTE.

Ne savez-vous donc rien de nouveau, vous, mon cher Misopon, auprès duquel se rendent tous les parleurs de la ville?

MISOPON.

Je ne sais pas de grandes nouvelles; voici pourtant une nouvelle qui m'intéresse; écoutez-la si vous voulez.

MOROLOGE, *assis.*

Écoutons, écoutons. Nargue soit des nouvelles politiques; parlez-moi d'une bonne nouvelle du voisinage! Pour moi, je préfère mille fois le récit d'une bataille à coups de poing entre quatre murs, aux plus magnifiques descriptions des plus terribles combats sur terre et sur mer. Mon Dieu! que j'aime mes deux voisins Antinoüs et sa femme Éryphile! toute leur vie se passe à se disputer et à s'accabler des plus élégantes injures de crocheteur. L'autre jour encore, si par bonheur je n'étais pas venu mettre le holà, ces deux aimables époux passaient des injures aux voies de fait; déjà même ils en venaient aux mains et commençaient à s'escrimer raisonnablement du poing et des ongles. Ha! ha! ha! (*Il fait le geste d'un homme qui se bat à coups de poings.*) Mais parlez, Misopon, et racontez-nous votre histoire... Ha! ha! ha!

MISOPON.

Mon histoire n'est pas longue, mais elle sera suivie, je l'espère, d'un long repos. Vous savez bien cette charge que vous m'avez conseillé de vendre? eh bien! j'ai demandé l'autorisation de la vendre, et aujourd'hui même je la vends.

NÉOPISTE.

Je voudrais que cela fût déjà fait; car pourquoi accepteriez-vous une si grand fardeau, vous qui pouvez vivre sans travailler?

MISOPON.

C'est là précisément ce que je pense.

MOROLOGE.

Est-ce que votre père n'a pas assez travaillé toute sa vie pour que son fils se puisse reposer aussi toute sa vie? Ha! ha! ha!

MISOPON.

Voilà justement ce que je dis.

MOROLOGE.

Et c'est là bien parler. Croyez-moi, vous auriez fait mille folies, que cette décision vous mettrait au rang des sept sages de la Grèce. Ha! ha! ha!

MISOPON.

Je ne suis pas un sage de la Grèce, mais un sage de l'Italie, selon le proverbe italien : *Il est beau de ne rien faire! Bella cosa far niente!*

MOROLOGE.

Redites-moi ce proverbe, je veux l'écrire sur mes tablettes! *Bella cosa...*

MISOPON.

Bella cosa, la belle chose, *far niente*, ne rien faire.

MOROLOGE, *écrivant.*

La très belle chose!

NÉOPISTE.

Far niente, l'excellente chose!

MISOPON.

Que j'aime cette noble académie italienne : *Académie des Paresseux!*

MOROLOGE.

Académie de quoi? que dites-vous?

MISOPON.

Academia degli Otiosi, Académie des Paresseux!

MOROLOGE.

La belle institution! Ha! ha! ha!

AMPHITHEOR.

Academia degli Otiosi! Prudente institution, en effet, dans laquelle on se fait recevoir académicien sans concourir et sans demander de voix à personne, académie dont la porte est ouverte à tous!

NÉOPISTE.

Académie des Paresseux! Belle académie! A quoi sert désormais l'Académie des Sciences, l'Académie des Inscriptions, l'Académie Française! Vive l'Académie des Paresseux!

MISOPON.

Savez-vous à quoi je pense?

MOROLOGE.

Peut-être allez-vous partir pour l'Italie pour vous faire recevoir membre de l'Académie des Paresseux.

MISOPON.

Je sais un moyen plus facile et plus glorieux.

MOROLOGE.

Lequel?

MISOPON.

Ici même, il faut fonder une académie des paresseux

MOROLOGE.

Très bien! Ha! ha! ha!

AMPHITHEOR.

Bien trouvé!

NÉOPISTE.

Très bien trouvé!

MISOPON.

Certes, nos pères vont bien se récrier à cette nouvelle; je ne vous réponds même pas que mon aïeul Tisagore ne se récrie et ne répète six cents fois au moins, son refrain accoutumé : *Malheur aux innovations!*

MOROLOGE.

Laissez-les réclamer; les vieillards ne savent que se récrier et se plaindre; moi j'en ris, ha! ha! ha!

MISOPON.

Donc vous approuvez mon projet d'académie?

AMPHITHEOR.

Je l'approuve.

NÉOPISTE.

Et moi aussi.

MOROLOGE.

Et moi.

MISOPON.

Approuvé. A présent la première chose dont nous ayons besoin, c'est un président.

AMPHITHEOR.

Un président!

NÉOPISTE.

Un président!

MOROLOGE.

Un président!

MISOPON.

Qui sera président?

MOROLOGE.

Soyez notre président, Misopon!

MISOPON.

Moi!

AMPHITHEOR.

Vous.

MISOPON.

Que de bonté!

NÉOPISTE.

Soyez notre président.

MISOPON.

Vos suffrages, messieurs, sont trop glorieux pour que je n'en accepte pas tous les bénéfices; mais vous-mêmes, mes chers confrères, il faut que vous ayez chacun un grade éminent dans notre académie.

AMPHITHEOR.

Bien souvent les comédiens m'ont proposé de leur servir de secrétaire; c'est un emploi que j'ai toujours refusé; cependant je serais heureux et fier si l'Académie des Paresseux me nommait son secrétaire perpétuel.

MISOPON.

Vous avez ma voix.

NÉOPISTE.

Et la mienne.

MOROLOGE.

Et la mienne.

NÉOPISTE.

Je prie l'Académie de me choisir pour son messager; c'est moi qui rapporterai dans son sein ce que j'aurai recueilli de côté et d'autre.

MISOPON.

C'est là mon avis.

AMPHITHEOR.

Et le mien.

MOROLOGE.

Tu seras notre Pégase, Néopiste; ha! ha! ha! Moi je veux être le portier et le Cerbère de l'Académie; c'est moi qui introduirai les nouveaux élus, c'est moi qui fermerai la porte au nez des indignes.

MISOPON.

Soit fait ainsi!

AMPHITHEOR.

Soit fait ainsi!

NÉOPISTE.

Fiat!

MISOPON.

La séance est levée; l'Académie se réunira ce soir sur les quatre heures, et pendant que mes parents et mon tuteur s'occuperont de la vente de mon emploi et me choisiront un remplaçant, nous nous occuperons, nous autres, de l'élection des nouveaux académiciens. Surtout, que nos discours soient brefs.

AMPHITHEOR.

O dieux! que tout cela sera amusant!

NÉOPISTE.

L'admirable nouvelle à colporter!

MOROLOGE.

Que je meure s'il ne me semble pas que je joue la comédie, ha! ha! ha!

ACTE DEUXIÈME.

SCÈNE I.

ERGASTE, *seul.*

(Il souffle la poussière qui est sur les livres.)

Phu! phu! Ces livres sont encombrés sous la poussière! Il y a si long-temps qu'ils n'ont été ouverts! Phu! phu! Mon maître a beau dire que cette poussière vous excite au sommeil, elle ne fait que me monter au cerveau et voici que j'éternue! *(Il éternue.)* O le plus actif des narcotiques!

(Il éternue encore.)

SCÈNE II.

CRITOBULE, ERGASTE.

CRITOBULE.

Bonjour, Ergaste.

ERGASTE.

Votre serviteur, monsieur Critobule.

CRITOBULE.

Mon Dieu, quel zèle à arranger ces livres! Dieu me pardonne! tu veux devenir un docteur?

ERGASTE.

En effet, s'il ne s'agit que de toucher beaucoup de livres (comme c'est l'avis de bien des jeunes gens) pour devenir un savant docteur, m'est avis que je suis un grand savant. J'ai eu souvent entre les mains, même, les livres que mon jeune maître emportait à l'école; c'était moi qui les portais jusqu'à son collége quand je l'y conduisais chaque jour.

CRITOBULE.

Je m'en souviens fort, c'est même alors que je t'ai vu pour la première fois. Mais ton maître, où donc est-il?

ERGASTE.

Il s'est enfermé dans sa bibliothèque, afin de se reconnaître dans ses travaux en retard. Cependant, ou je me trompe bien, ou il ne restera pas long-temps. Et tenez! le voici.

SCÈNE III.

MISOPON, CRITOBULE, ERGASTE.

MISOPON.

Ergaste, va sur-le-champ secouer les livres que tu verras hors de leurs rayons, après quoi tu me les apporteras tout aussitôt.

CRITOBULE.

Cher Misopon, ton condisciple Critobule se réjouit de te voir ainsi revenu à tes livres; mais quoi d'étonnant que tu reviennes ainsi aux premiers délassements de ton esprit? Il me souvient encore que lorsque nous faisions ensemble nos études, tu étais un infatigable lecteur; comme ton esprit se nourrissait alors de ce qu'il y avait de plus substantiel parmi les grands poètes et les grands orateurs!

MISOPON.

Oui, en ce temps-là je lisais beaucoup et la lecture charmait tous mes ennuis.

CRITOBULE.

Et tout ce que tu lisais tu le comprenais à merveille, et déjà chacun disait à l'avance que tu serais une des lumières du barreau.

MISOPON.

Ces prédictions sont souvent trompeuses. Les jours changent, nos études changent aussi et nos projets aussi.

CRITOBULE.

Mon Dieu! cela serait-il vrai? On dit que tu sors de cette lumineuse carrière du barreau, on dit que tu vends ta charge? Mais je ne puis croire que tu veuilles te dépouiller, avant de l'avoir portée avec honneur, de cette noble robe du magistrat qui a été si honorablement portée et depuis si long-temps dans ta famille.

MISOPON.

Et cette robe en effet a été portée si long-temps, qu'à présent elle est usée jusqu'à la corde; ce n'est plus une robe, c'est un lambeau.

CRITOBULE.

La robe du magistrat ne s'use pas à être portée; au contraire à force de servir elle gagne un nouveau lustre. Jette-la, et tu verras chacun la vouloir ramasser à ta place. Moi-même je me mets sur les rangs, et si tu te souviens avec quelque plaisir et quelque estime d'un ancien condisciple, je te demande la préférence sur tous les autres candidats.

MISOPON.

Tu as toujours été mon plus cher camarade; je te donnerai la préférence sur tous les aspirants à ma charge; mais si tu ne veux pas être devancé, va-t-en trouver mon tuteur qui est en ce moment chez mon grand-père, où il est question de la vente de mon emploi et du futur acquéreur.

CRITOBULE.

J'y vais sur-le-champ et je lui dirai où j'en suis avec toi.

MISOPON.

Hâte-toi, cours, vole, prends ma robe... Moi je pense déjà à une autre magistrature. — Holà! Ergaste! apporte-moi donc les livres que je t'ai demandés.

SCÈNE IV.

LES PRÉCÉDENTS, ERGASTE.

ERGASTE.

Les voici, monsieur; mais pourrais-je savoir comment il se fait que vous ayez aujourd'hui tant d'amour pour vos livres? il y a si long-temps que vous n'en avez ouvert un seul et que vous n'êtes même entré dans votre bibliothèque!

MISOPON.

C'est que j'ai un discours à écrire.

ERGASTE.

Ecrire quelque chose, vous, monsieur! En ce cas je me retire et je vous laisse seul. Je me souviens que c'était votre habitude autrefois, quand vous écriviez, de vouloir être seul et tout entier à vos méditations. (*à part.*) Enfin le voici qui se remet au travail; fasse le ciel que ce soit pour long-temps!

SCÈNE V.

MISOPON, *seul.*

Allons! un beau discours à la louange de la paresse, pour ma réception dans mon académie. Mais les matériaux de ce chef-d'œuvre, où les prendre? Cicéron a écrit ses questions académiques dans le plus profond loisir et dans ses jours de repos. N'y a-t-il rien dans les livres de Cicéron sur *l'oisiveté académique?* (*Il parcourt les livres de Cicéron.*) *Questions académiques, — livre premier. — Pensées de divers philosophes sur le bonheur.* Mais qu'est-il besoin de tant de définitions à propos d'une chose si simple et si claire? La vraie sagesse, comme le vrai bonheur, c'est l'oisiveté. Voici déjà que le verbeux orateur me fatigue avec ses inutiles questions académiques. Passons à des académiciens plus modernes. *Eloges des académiciens.* (*Il lit.*) *Ce fut un homme très adonné à l'étude. — Rien n'était caché à l'infatigable investigation de son esprit, il se livrait aux conceptions les plus difficiles. — Il n'avait jamais regardé le génie que lui avait donné la nature que comme une raison de plus pour s'adonner au travail. — Depuis sa plus tendre jeunesse il travaillait chaque jour et tout le jour; le travail était son seul bonheur.* Au diable! partout l'étude, partout le travail! sujet usé et rebattu. Parlez-moi de faire l'éloge de l'oisiveté; voilà un sujet nouveau et distingué! Mais laissons là tous ces fatigants panégyriques du travail; à quoi bon tant de livres? Imitons ces hommes heureux qui n'ont qu'un livre, et ce livre il est là dans leur tête.

SCÈNE VI.

ERGASTE, MISOPON.

ERGASTE.

Mon cher maître, votre main et votre esprit doivent être fatigués. Voici votre tabatière; ouvrez-la et puisez-y tout à votre aise votre éloquence et vos idées.

MISOPON.

Va-t-en.

ERGASTE.

J'en connais plus d'un dont l'esprit est renfermé dans sa tabatière. Privez-les de leur prise inspiratrice, les voilà muets et stupides.

MISOPON.

Laisse-moi, te dis-je.

ERGASTE.

Et moi-même; une légère prise de tabac me donne beaucoup d'esprit.

SCÈNE VII.

MISOPON, *seul. Il est plongé dans ses réflexions; on dirait un homme qui compose.*

Cherchons. Mon exorde d'abord. — L'éloge de l'oisiveté, — voilà le sujet. Je puis... — oui, c'est cela, — je puis dire que l'oisiveté a commencé avec l'âge d'or. L'âge d'or ne savait pas ce que c'était que l'or; mais à coup sûr il connaissait la paresse; c'était une éternelle oisiveté. — Très bien. De l'âge d'or nous passons à la première de toutes les académies; elle était composée d'hommes oisifs qui se promenaient nonchalamment dans les beaux jardins de l'Athénien Academus. Très bien. — De cette vieille académie passons aux écoles. Ecole, — si je sais encore quelques mots de grec, vient du mot grec *jeu, oisiveté*, *repos.* O les malheureux écoliers qui ignorent quels sont leurs droits et qui ne savent pas qu'aller à l'école c'est aller au plaisir! De l'école nous passons à la cour. Voyez la liste de nos rois. L'un s'appelle le Hardi, l'autre s'appelle le Juste, celui-ci c'est Louis-le-Grand; mais j'en vois beaucoup qui ont eu le beau surnom de *Rois fainéants*, ceux-là ont rendu un culte véritable à la paresse. Plusieurs académies sont fières, à bon droit, d'avoir des rois pour membres, associés et correspondants. Hâtons-nous d'écrire toutes ces belles choses; mais par où commencer? — Messieurs et chers confrères en oisiveté, bien que ma timidité... quoique votre agréable paresse... Cependant, — cependant, écrire un discours c'est l'ouvrage d'un homme laborieux, cela ne va guère au président de l'Académie des Paresseux. — Holà! Ergaste.

SCÈNE VIII.

LE MÊME, ERGASTE.

ERGASTE.

Déjà monsieur a écrit son discours?

MISOPON.

Il faut me trouver un homme d'un style facile et prompt, qui m'écrive un discours élégant et bref, à la plus grande louange de la paresse et des paresseux.

ERGASTE.

Vous voulez faire l'éloge de la paresse et vous allez chercher quelqu'un pour l'écrire à votre place? Mais, monsieur, vous ne trouverez personne qui soit plus que vous rempli de son sujet!

MISOPON.

A force d'y penser je me suis mis hors d'haleine. Amène-moi donc quelqu'un qui fasse mon discours; il ne s'en repentira pas, ni toi non plus.

ERGASTE.

Quelle sera ma récompense, s'il vous plaît?

MISOPON.

Je te donnerai cette tabatière et même prends-la sur-le-champ comme un gage de ma parole. Elle est à toi si tu me trouves l'homme que je cherche, sinon je la reprends.

ERGASTE.

A coup sûr je trouverai l'orateur qu'il vous faut. Voici déjà votre père nourricier Pédotrophe. Essayez de son éloquence, et certes il saura mettre à profit le peu de temps qu'il a à vous parler.

SCÈNE IX.

PÉDOTROPHE, MISOPON.

MISOPON.

Avance, ami Pédotrophe; comment te va?

PÉDOTROPHE.

Hélas! je vais comme un homme qui va mal.

MISOPON.

Comment va ta bonne femme, Galatée, ma chère nourrice?

PÉDOTROPHE.

Ma femme va tout comme vont nos affaires.

MISOPON.

Mais vos affaires comment vont-elles?

PÉDOTROPHE.

Nos affaires vont comme les hommes de ce siècle, toujours de mal en pis. Depuis que nous avons perdu votre père, cet excellent homme, de tristes changements se sont opérés autour de nous!

MISOPON.

Assieds-toi là et raconte-moi ce qui t'arrive.

PÉDOTROPHE.

M'asseoir auprès de vous! je n'oserais.

MISOPON.

Assieds-toi, te dis-je.

PÉDOTROPHE.

Je n'en ferai rien.

MISOPON.

Mais assieds-toi donc!

PÉDOTROPHE.

J'obéis. Il vaut mieux, comme on dit, être impoli qu'importun. Voici le fait. Lorsqu'on vous mit en nourrice chez nous...—Je reprends mon histoire de loin, car en ce temps-là vous étiez un tout petit enfant, si petit! petit... mais à présent vous êtes un homme!

MISOPON.

Laissons là le passé, parlons du présent.

PÉDOTROPHE.

Ah! le passé, il sera toujours là dans mon cœur! Enfin, quand vous êtes devenu notre nourrisson à ma femme et à moi, tous les paysans de l'endroit sont venus me faire leurs compliments de ce que j'avais rencontré un tel enfant à élever; chacun me saluait chapeau bas, on me parlait avec toutes sortes d'égards. Il y avait à ce sujet bien des discours et bien des chuchotements. Ah! s'écriait l'un, quel n'est pas le bonheur de notre ami Pédotrophe! Il a été couvé par une poule blanche! Bon! disait l'autre, il peut dormir sur les deux oreilles; car cet enfant sera une mine d'or pour son père nourricier. Moi je les laissais dire sans avoir l'air de comprendre et je cachais ma joie dans mon cœur. Rentré chez moi : — Galatée, dis-je à ma femme, prends cet enfant qui nous tombe du ciel et élève-le comme ton propre fils! Et ma femme vous a nourri de son lait, et quand vous étiez à la mamelle elle vous berçait par ses chansons. Et moi aussi je vous berçais pour vous endormir, et je vous disais : — Faites une risée à papa! Et puis je vous parlais, et puis je vous chantais, et puis je vous retournais, et autres petits soins. — Charmant enfant, ris à ton père, toi qui es sa joie! Et vous faisiez votre petite risée, et moi je riais avec vous.

MISOPON.

Je vois avec plaisir que mon enfance ne vous a pas été à charge, mon bon père!

PÉDOTROPHE.

A charge! mais vous faisiez notre bonheur et notre fortune; votre père était un homme considéré de tous, et grace à vous, nous avons été soulagés d'une partie des impôts que lèvent chaque année d'impitoyables collecteurs sur les pauvres gens des campagnes. Mais, hélas! depuis que votre excellent père est mort.— Hélas! hélas!..

(Il pleure.)

MISOPON.

Que t'est-il arrivé?

PÉDOTROPHE.

Depuis que votre père est mort. — Hélas! — la voix me manque!

MISOPON.

Ne pleure pas et parle!

PÉDOTROPHE.

Depuis que votre père est mort tout a mal tourné pour moi et j'ai eu malheurs sur malheurs. Hélas! plût au ciel que ce que je dis fût un mensonge; mais c'est la pure vérité! On a fait une nouvelle répartition de l'impôt, et voici que je paie au fisc trois fois plus que je ne lui payais auparavant!

MISOPON.

C'est une grande injustice.

PÉDOTROPHE.

Et ils sont sans pitié. Et il m'est aussi impossible de payer cet impôt que de porter le ciel sur mes épaules.

MISOPON.

Mais il fallait se plaindre tout haut d'une pareille injustice.

PÉDOTROPHE.

Eh! chaque jour ce sont de ma part des plaintes nouvelles; mais en vain. A présent tout le monde se rit de moi, même ceux qui me portaient envie. Ils me poursuivent de leurs plaisanteries et de leurs sarcasmes. — Tu paieras, Pédotrophe, me disent-ils, tu paieras! A présent tu n'as plus de protecteur, ton protecteur est mort; et quant à ton fils nourricier, il dort. Tu paieras, Pédotrophe, tu paieras!

MISOPON.

Dis-moi le nom de ces méchants et je les maudis!

PÉDOTROPHE.

Hélas! nous sommes tous ainsi faits. On a raison de dire que l'homme pour l'homme est un loup. On envie son voisin, c'est la loi de nature; et si vous ne venez pas à notre aide, vous apprendrez bientôt que votre mère nourrice et moi nous sommes morts de misère et de chagrin.

MISOPON.

Oui certes je compatis à vos peines, mais que puis-je faire pour vous secourir?

PÉDOTROPHE.

Cela vous serait bien facile si vous étiez un magistrat comme était votre père. Alors vous seriez entouré de l'estime et du respect de tous. Cependant, allez voir le seigneur Protésilas, le receveur de notre province; il est en tournée dans notre ville. Voyez-le demain matin et parlez-lui pour nous.

MISOPON.

Je lui parlerai demain matin, et sans faute.

PÉDOTROPHE.

Mais demain matin, sans faute, de bonne heure; il se lève avec le jour, et d'abord il écoute toutes les réclamations; après quoi il sort de chez lui et il n'est plus occupé, le reste du temps, que des affaires de la province ou des siennes.

MISOPON.

Mais Protésilas est pour le moins aussi connu de mes parents et de mes amis que de moi-même. Pourquoi ne vas-tu pas voir un de mes parents; il te recommanderait lui-même demain matin à Protésilas.

PÉDOTROPHE.

Merci de moi! A qui donc m'adressez-vous?

MISOPON.

A mes amis! à mes parents! à des gens qui t'aiment à cause de moi!

PÉDOTROPHE.

Des gens qui me haïssent à cause de vous, des gens qui disent de vous des choses...

MISOPON.

Que disent-ils de moi?

PÉDOTROPHE.

Je n'oserais jamais le répéter.

MISOPON.

Ose donc, et dis-le-moi.

PÉDOTROPHE.

Ils disent...

MISOPON.

De moi?

PÉDOTROPHE.

Ils disent de vous, que vous n'êtes pas le fils de votre mère!

MISOPON.

Je ne suis pas le fils de ma mère! Et à leur avis de qui donc serais-je le fils?

PÉDOTROPHE.

Ils disent que vous êtes l'enfant de ma femme, votre nourrice, qui ainsi aurait mis son propre enfant au lieu et place de l'enfant de votre mère. Mais c'est là un mensonge, car ma femme est une bonne et honnête femme et pleine de loyauté.

MISOPON.

Et pourquoi ces mensonges impudents?

PÉDOTROPHE.

Parce que, disent-ils toujours, vous ne ressemblez pas à votre mère, qui était une femme laborieuse, active, diligente. Mais à ce compte-là, non plus, vous ne ressemblez pas à votre nourrice, qui est la plus laborieuse, la plus active, la plus infatigable des femmes.

MISOPON.

L'admirable raisonnement! Par le ciel! si tous les enfants qui ne ressemblent ni à leur père, ni à leur mère, sont des enfants changés en nourrice, nous sommes donc une nation d'enfants supposés?

PÉDOTROPHE.

C'est bien dit, d'autant plus que vous n'avez pas toujours été si loin de ressembler à votre mère. Quand enfin vous avez été bien sevré et que votre nourrice vous a ramené à votre mère, je l'accompagnais moi aussi. Bon Dieu, vous étiez vif comme la poudre! Vous sautiez, vous dansiez, vous vous jetiez tantôt dans les bras de votre père, tantôt dans les bras de votre mère. A votre père vous arrachiez les cheveux, vous déchiriez les dentelles de votre mère, vous étiez le mouvement perpétuel. Vos parents étaient tout joyeux de vous voir ainsi; votre vivacité d'enfant leur annonçait la promptitude à venir de votre esprit. C'est un proverbe, il faut que le vin fermente, sinon c'est un vin sans saveur. C'est pourquoi...

MISOPON.

C'est pourquoi, achève ton histoire si tu peux!

PÉDOTROPHE.

C'est pourquoi votre bonne nourrice et moi nous avons été renvoyés ce jour-là comblés des bontés de votre famille; louanges, présents, promesses, rien ne nous a manqué. Et maintenant votre vieux père nourricier se jette à vos pieds, vous suppliant de ne pas trahir les promesses de vos parents. (*Il se jette aux genoux de Misopon qui le relève.*) Par ces larmes que je répands, moi qui ai si souvent essuyé les vôtres, par ces caresses enfantines que vous m'avez faites si souvent en me tirant par les deux oreilles, regardez-moi et souvenez-vous un peu de votre ancienne amitié pour nous!

MISOPON.

Laisse-moi, Pédotrophe; je paierai de mes deniers une partie de l'impôt qu'on exige de toi.

PÉDOTROPHE.

J'ai besoin d'argent, il est vrai; mais surtout j'ai besoin de votre bonne amitié; elle sera le soulagement de ma vieillesse, et elle fera taire l'envie de mes voisins.

MISOPON.

Va-t-en trouver mon grand-père Tisagore; il est l'ami intime de Protésilas, il ne demandera pas mieux que de te recommander à cause de moi, et sans nul doute il ne refusera pas ce service à son petit-fils

PÉDOTROPHE.

Je vais donc lui parler en votre nom; je vous reverrai bientôt et je vous rapporterai sa réponse.

MISOPON.

Au revoir.

SCÈNE X.

MISOPON, *seul.*

(Il se promène lentement, et à l'air triste et inquiet.)

Ainsi donc je passe pour un enfant supposé ! je ne suis plus le fils de ma mère ! On le dit, et pourquoi? parce que je ne veux pas me couvrir d'une ample et ambitieuse robe noire. Je voudrais bien voir face à face ceux qui font ces belles suppositions, pour savoir s'ils ressemblent à leur mère et s'ils ne sont pas des enfants changés en nourrice !

SCÈNE XI.

AMPHITHEOR, NÉOPISTE, MISOPON.

AMPHITHEOR.

Vous me paraissez bien ému, contre votre habitude, notre cher président; quel est donc le sujet de cette grande tristesse ?

NÉOPISTE.

La colère est dans tous vos traits, votre œil est en feu; qui donc vous a si violemment offensé?

MISOPON.

Parce que je ne veux pas absolument m'asseoir sur les fleurs-de-lis, tous mes parents, grands et petits, se déchaînent contre moi jusqu'à la calomnie.

AMPHITHEOR.

Laissez là ces calomnies et parlons de notre académie. J'ai trouvé plusieurs espèces de candidats, tous propres à composer notre académie; regardez plutôt.

(Il lui montre une liste.)

MISOPON.

Je le vois. — S'ils continuent à me traiter ainsi, ils apprendront que je ne suis pas un homme à me laisser mordre impunément.

NÉOPISTE.

Ces gens-là ne mordent pas, ils aboient. Je viens d'écrire au gazetier de Hollande pour faire insérer les réglements de notre académie, afin que ceux qui voudront en faire partie soient avertis et nous envoient leur adhésion.

MISOPON.

C'est très bien fait. — Ils pensent donc, ces insipides bouffons, que je dormirai toujours; mais, par le ciel! je ne dors pas si profondément que je ne puisse me réveiller !

AMPHITHEOR.

Mais ne vous occupez donc pas de ce qu'ils pensent, et vous-même pensez à notre académie !

MISOPON.

J'y pense, et avant peu je vais m'en occuper avec vous; mais je n'ai pas encore écrit le discours d'ouverture que j'ai déjà arrangé dans mon esprit.

NÉOPISTE.

Écrivez-le, mais seulement quand vous aurez le temps.

SCÈNE XII.

MOROLOGE, MISOPON, AMPHITHEOR, NÉOPISTE.

MOROLOGE, *dans la coulisse, parle à un homme qu'on ne voit pas.*

Avancez, avancez, vous dis-je! Pourquoi hésiter? Avancez; c'est ici le siége de notre académie. Pourquoi reculer? Encore une fois entrez ici. Il s'en va. Ainsi donc, bon voyage! Ha ! ha ! ha !

MISOPON.

Quel est cet homme que vous appelez avec tant d'instances et qui s'en va si vite?

MOROLOGE.

Que je meure si je le connais! Ha! ha! ha!

(Il revient à la porte comme pour rappeler l'homme qui s'est enfui.)

MISOPON.

Pourquoi donc le forcer ainsi à entrer chez nous?

MOROLOGE.

Parce qu'il est digne d'entrer. Ha! ha! ha!

MISOPON.

Et comment le savez-vous, puisque vous ne connaissez pas cet homme ?

MOROLOGE.

Je l'ai deviné d'abord à son visage, ensuite à ses discours. Je l'ai trouvé debout au coin de la rue, qui lisait les affiches, et surtout l'affiche du théâtre. Cheveux rares, manteau court, le cou comme le manteau, le front ingénu, la face rubiconde, le menton peu garni, voilà l'homme. Bon! m'écriai-je, en voilà un qui, à coup sûr, n'appartient pas à la famille des poètes et des savants!

MISOPON.

Dieu nous préserve de recevoir parmi nous un seul homme de cette race!

MOROLOGE.

Non-seulement ceux-ci, mais encore (*Il hausse et baisse la voix alternativement.*) quiconque se cache sous une robe soit sacrée, soit profane, toujours comme il lui plaît, jamais comme il convient. Donc, pour en revenir à mon homme, je vais à lui, et le prenant par la main : « Très aimable monsieur, lui dis-je, si vous n'avez rien de mieux à faire, souffrez que je vous mène quelque part; je veux vous associer à une honorable compagnie qui sera très heureuse de vous recevoir comme un de ses membres. — Moi, dit l'homme, je n'ai rien à faire. — Rien absolument? — Absolument rien. — Vous n'êtes pas par hasard un théologien? — Non pas, certes. — Vous n'êtes pas un philosophe? — Encore moins. — Ne vous seriez-vous pas voué à l'éloquence? — Jamais. — Et par hasard seriez-vous plongé dans l'étude du droit-canon? — Vous me faites injure. — Mais encore vous livrez-vous le matin ou le soir à quelque étude spéciale; autrement cela me paraîtrait incroyable! — Vous pouvez m'en croire, monsieur, je n'étudie ni le matin ni le soir. — En ce cas, mon honnête oisif, vous êtes des nôtres. — Qu'est-ce à dire des vôtres? — — Vous le saurez, lui dis-je; en attendant venez avec moi. » Et le voilà qui me suit très volontiers; mais à peine arrivé au seuil de la porte, je lui cède le pas et je l'engage à entrer dans notre académie. A ce mot d'académie, mon homme devient pâle comme la mort. « Mais, lui dis-je, soyez sans crainte; ce n'est pas là une académie de savants! il n'est pas besoin de rien savoir pour y entrer. — Et quelle est donc votre académie? me dit-il. — L'Académie des Paresseux, lui répondis-je. » Alors il s'arrête, il rougit, il a honte d'avouer sa paresse et il s'enfuit à toutes jambes. Ha! ha! ha!

(Il s'approche encore une fois de la porte comme pour courir après son homme.)

MISOPON.

Voilà un candidat que nous ne remplacerons pas facilement!

MOROLOGE.

Plus facilement que vous ne pensez. J'ai à vous offrir plusieurs variétés de candidats; je vous ferai ma proposition, et ceux que vous aurez acceptés, j'inscrirai leurs noms sur la liste de notre académie.

MISOPON.

Mais avant toute proposition, je propose que nous nous asseyons.

MOROLOGE.

Je suis de l'avis de notre sage président; asseyons-nous, car on dit que l'esprit assis devient plus sage. Vous, Misopon, prenez place au fauteuil académique; vous, Amphitheor, asseyez-vous au bureau du secrétaire; vous, Néopiste, placez-vous sous le lustre; pour moi un escabeau me suffit à la porte de l'académie. Ha! ha! ha! Voilà qui va bien; notre confrère Amphitheor peut maintenant proposer ses candidats!

AMPHITHEOR, *lisant.*

Sont dignes d'être admis dans notre académie : 1° les flâneurs et les curieux.

MISOPON.

Qu'entendez-vous par-là?

AMPHITHEOR.

Ceux qui courent par la ville pour tout voir et aussi bien pour voir que pour être vus.

MISOPON.

Mais ceux-là, à force de courir çà et là, finissent par faire beaucoup de chemin.

AMPHITHEOR.

Mais cependant ils ne font rien. On les entend souvent dire : Voici ce que j'ai vu; et jamais : Voici ce que j'ai fait.

MISOPON.

Qu'en pense Néopiste?

NÉOPISTE.

Qu'ils soient des nôtres, puisque aussi bien ils ne font rien; flâner ce n'est pas agir.

MISOPON.

Qu'en pense Morologe?

MOROLOGE.

Ouvrons l'académie aux flâneurs; ils sont, comme moi, vagabonds, mais oisifs. Cependant je me range, dans tous les cas, à l'avis de notre président. — Mais quelle épithète lui donner? dirai-je notre très vigilant président?

MISOPON.

Gardez-vous-en bien!

MOROLOGE.

Président... président très tranquille; ha! ha! ha! si c'est là la volonté de notre très tranquille président...

MISOPON.

J'accepte cela.

MOROLOGE.

Oui, que le flâneur soit des nôtres. Il ira de côté et d'autre dans la ville, çà et là; il ira à droite, à gauche, devant lui; il reviendra; il ira par-ci et par-là, de-ci et de-là; il s'asseoira et s'arrêtera ici et là et là-bas; on le verra en tous lieux; il verra toutes choses et on se moquera partout de lui. Ha! ha! ha! Quels sont les autres candidats?

AMPHITHEOR.

2° Les bavards et les grands parleurs de salon.

MISOPON.

Quels sont ceux-là?

AMPHITHEOR.

Ce sont des gens qui, soit chez eux, soit chez les autres, passent leur vie indolemment assis et n'ont pas d'autre occupation que de causer et médire avec des hommes et des femmes oisifs comme eux.

MISOPON.

Qu'ils soient des nôtres!

NÉOPISTE.

Qu'ils entrent les premiers et avant personne!

MOROLOGE.

Adoptés les bavards de salons! qu'ils parlent comme ils voudront et de quoi ils voudront parler. Ils feront comme moi, ils diront tout ce qui leur passera par la tête, souvent mal à propos, souvent d'une façon ridicule, et comme moi aussi ils se moqueront de tout le monde, et tout le monde le leur rendra. Ha! ha! ha! Qui propose-t-on encore?

AMPHITHEOR.

3° Les pique-assiettes.

MISOPON.

Qu'est-ce que les pique-assiettes?

AMPHITHEOR.

Le pique-assiettes arrive à midi chez vous, un instant avant l'heure de se mettre à table; force est alors de lui dire: — *Voulez-vous nous faire le plaisir de dîner avec nous?* Celui qui vit aux dépens d'autrui est à coup sûr un paresseux.

MISOPON.

Que pense Néopiste du pique-assiettes?

NÉOPISTE.

C'est tout-à-fait l'homme selon notre institution. Ce sont des gens qui se croisent les bras et qui laissent venir le dîner sans se donner la peine de l'apprêter.

MOROLOGE.

Oui; mais une fois à table, ils y mettront tout leur zèle, ils mangeront le dîner des autres sans pitié, ils le dévoreront du regard et de la dent. C'est pourquoi mon avis est qu'on leur ferme la porte de l'académie des paresseux.

MISOPON.

Qu'on la ferme!

NÉOPISTE.

Qu'on la ferme!

MOROLOGE.

Loin d'ici les pique-assiettes, et qu'ils aillent faire leurs courbettes ailleurs: — Comment vous portez-vous, mon ami? Si vous allez bien; tout va bien. Quant à moi je vais bien aussi. Portez-vous bien! Portez-vous bien! Ha! ha! ha! Percez-nous-en d'un autre, Amphitheor!

AMPHITHEOR.

4° Sont de droit membres de notre académie, tous les mauvais écrivains.

MISOPON.

Tous ceux qui se donnent tant de mal pour écrire des riens?

AMPHITHEOR.

Comme vous dites.

NÉOPISTE.

Oui, tous ceux qui composent des histoires romanesques, des tragédies ridicules, des comédies lamentables et larmoyantes.

AMPHITHEOR.

C'est cela!

MISOPON.

Qu'ils soient des nôtres!

NÉOPISTE.

Qu'ils soient des nôtres! Ils font d'assez mauvaise besogne pour compter au nombre des paresseux.

MOROLOGE. *Il fait semblant d'écrire.*

Qu'ils soient des nôtres et qu'ils écrivent des tragédies sans larmes, des comédies sans rire, des tragédies sans sel, des odes sans génie, des discours sans art, des histoires sans plan, des livres de tout genre et d'aucune valeur, que personne ne lit ou qu'on lit pour s'en moquer. Ha! ha! ha! Qui donc propose-t-on encore?

AMPHITHEOR.

5° Les lecteurs vagabonds.

MISOPON.

Qu'entendez-vous par lecteurs vagabonds?

AMPHITHEOR.

Ceux qui lisent tous les livres qui leur tombent sous la main, sans jamais s'arrêter à aucun.

MISOPON.

Quel est votre avis sur les lecteurs vagabonds, Néopiste?

NÉOPISTE.

Véritables paresseux ceux-là? Tantôt ils ne lisent d'un livre que le titre et la préface; tantôt ils ne s'attachent qu'à la table des matières et au titre des chapitres; ils ne lisent dans un livre que peu de chose, et dans le peu qu'ils lisent ils ne comprennent que fort peu de chose; et cependant ils parlent de toutes choses et sur toutes choses, comme s'ils avaient fait les plus excellentes lectures. A coup sûr, ils seraient rejetés de toute académie; raison de plus pour qu'ils soient reçus à l'unanimité dans la nôtre. — Mais à d'autres, s'il vous plaît!

AMPHITHEOR.

6° Les littérateurs illétrés.

MISOPON.

Quelle antithèse faites-vous là, Amphitheor? Est-ce qu'on peut être à la fois littérateur et illétré?

AMPHITHEOR.

Je dis bien, mon président; ceux-là en effet sont des hommes illétrés qui, sans rien savoir, tiennent leur place à côté des gens de lettres. Ils se servent, comme si elle était à eux, de la science, du jugement, de la mémoire et de la plume d'autrui.

MISOPON.

En ce cas, place aux littérateurs illétrés qui

n'ont rien de littéraire. Je leur donne ma voix volontiers.

NÉOPISTE.

Place à eux, paresseux frelons qui vivent du miel d'autrui!

MOROLOGE.

Qu'ils soient les bienvenus! Je ne leur prêterai ni la mémoire, ni le jugement, ni le style, mais la langue; et moi je vais me moquer d'eux, non point parce qu'ils sont illétrés, mais parce qu'ils veulent paraître lettrés. — Avez vous encore d'autres candidats?

AMPHITHEOR.

Encore plusieurs. — 7° Les paresseux actifs.

MISOPON.

Activité et paresse, cela implique contradiction.

AMPHITHEOR.

Celui qui ne fait rien en travaillant beaucoup, ne dit-on pas qu'il est oisif?

MISOPON.

Je l'avoue.

AMPHITHEOR.

Et que de gens qui, soit chez eux, soit au dehors, se donnent beaucoup de peine pour ne rien faire!

MISOPON.

C'est très bien dit. Qu'ils soient des nôtres, les paresseux actifs!

NÉOPISTE.

Qu'ils soient admis comme autant de hérons qui battent toujours des ailes sans jamais changer de place!

MOROLOGE.

Laissons entrer les paresseux laborieux, pourvu que leurs mouvements ne troublent pas la paix de notre *Académie des Paresseux;* car ceux qui travaillent beaucoup pour ne rien faire, pourraient bien de temps à autre faire ce qu'on ne doit pas faire, car ne rien faire, c'est encore faire quelque chose; comprenez-vous ce que je vous dis? Moi je le comprends sans le comprendre. Ha! ha! ha!

SCÈNE XIII.

DÉDALOCHIRE, MOROLOGE, MISOPON, AMPHITHEOR, NÉOPISTE.

MOROLOGE.

Messieurs, voici quelqu'un qui se présente à notre académie; c'est sans doute pour être reçu.

DÉDALOCHIRE.

Dites-moi, s'il vous plaît, messieurs, si ce n'est pas ici la nouvelle académie dont parlait ce matin en plein café un certain Morologe?

MOROLOGE.

Un certain Morologe, dites-vous? Vous ne savez pas qui est ce Morologe? je vais vous l'apprendre. Regardez-moi; c'est moi qui suis monsieur Morologe, le concierge de la nouvelle académie. Mais vous, que voulez-vous de notre nouvelle académie?

DÉDALOCHIRE.

J'ai nom Dédalochire; je suis un mathématicien, et un mécanicien très instruit, qui...

MOROLOGE.

Trève de louanges, monsieur; au fait, s'il vous plaît, au fait, et par le chemin le plus court.

DÉDALOCHIRE.

Au fait donc; je vous demande donc la permission de mettre sous vos yeux une machine d'un mécanisme à la fois très ingénieux et très simple, dont je suis l'inventeur.

MOROLOGE.

Quelle est cette machine?

DÉDALOCHIRE.

Un réveil-matin qui sonne de lui-même, et qui fait tout d'un coup tant de bruit que le plus obstiné dormeur en est réveillé infailliblement.

MOROLOGE, *à Dédalochire.*

Je vais prendre l'avis de l'académie. Vous plairait-il, mes illustres collègues, d'adopter un réveil-matin qui sonne de lui-même, et qui, tout d'un coup, fait tant de bruit, que le plus obstiné dormeur en est réveillé infailliblement?

MISOPON.

Non.

AMPHITHEOR.

Non.

NÉOPISTE.

Non.

MISOPON.

Cette machine n'est faite que pour mon ami Critobule, qui bientôt va être honoré du lourd fardeau d'une charge de magistrat et qui aura besoin de se réveiller de bon matin.

MOROLOGE, *à Dédalochire.*

Votre réveil-matin n'a pas l'approbation de l'académie, illustre Dédalochire, le plus savant des mécaniciens, notre très nonchalant président vous ordonne de porter votre réveil-matin à son ami Critobule, qui sera bientôt honoré du lourd fardeau d'une charge de magistrat et qui aura alors grand besoin de se réveiller de bon matin.

DÉDALOCHIRE.

J'ai écrit un traité très étendu sur le mouvement perpétuel, je suis prêt à le lire à l'académie, si j'ai son agrément.

MOROLOGE.

L'académie est-elle d'avis que le postulant

lise devant elle un traité très étendu sur le mouvement perpétuel?

MISOPON.

Je m'y oppose.

AMPHITHEOR.

Et moi aussi.

NÉOPISTE.

Et moi aussi.

MISOPON.

Il faut adresser ce traité à mon tuteur Timante qui est lui-même le mouvement perpétuel.

DÉDALOCHIRE.

Ainsi donc je n'ai rien à faire avec votre académie?

MOROLOGE.

Rien. Vous cherchez le mouvement perpétuel et nous, nous cherchons le repos perpétuel; c'est pourquoi vous ne pouvez pas vous en aller d'ici trop vite et trop tôt. (*Il accompagne le mathématicien jusqu'à la porte, puis il revient à son siége.*) Mais qu'entends-je? la! la! la! la! Voici le musicien Philomèle qui fredonne un air nouveau; sera-t-il des nôtres?

MISOPON.

Il sera des nôtres s'il en est digne; qu'il entre, et interrogeons-le.

SCÈNE XIV.

PHILOMÈLE, AMPHITHEOR, MISOPON, MOROLOGE, NÉOPISTE.

PHILOMÈLE.

Vous plaît-il, messieurs, dans un instant d'oisiveté, d'entendre deux chansons que j'ai composées dans un instant d'oisiveté?

MISOPON.

Chantez-nous vos chansons, Philomèle, pourvu qu'elles célèbrent les douceurs du repos.

PHILOMÈLE.

Rien n'est plus à la louange du repos que mes deux chansons. L'une célèbre le repos champêtre et les douceurs de l'oisiveté pastorale; l'autre gourmande vivement et légèrement les fougues de la jeunesse. Écoutez plutôt, la, la, la, la.

(*Il chante.*)

Aimable musette,
Confidente de mon cœur,
Chantez mon bonheur;
J'ai pour sceptre une houlette
Pour peuple un tendre troupeau,
Pour sentinelle
Un chien fidèle,
Pour états les bords d'un ruisseau.
Je règne sans diadème
Sur mes moutons, sur moi-même :
Votre sort est-il plus doux,
Puissants rois du monde?
Régnez sur la terre et sur l'onde,
Mon cœur n'en sera point jaloux;
Je suis plus heureux que vous.

Ceci est ma première chanson de la journée, j'en ai composé une seconde que voici.

(*Il chante.*)

La tendre jeunesse
Folâtre sans cesse;
La tendre jeunesse
Brave la raison.
En vain la vieillesse
Lui fait la leçon!
Chanson, chanson!
La tendre jeunesse
Folâtre sans cesse;
La tendre jeunesse
Brave la raison;
Elle dit que la sagesse
N'est point encor de saison, etc.

Voilà mes deux chansons, qu'en pensez-vous, s'il vous plaît?

MISOPON.

Je vais recueillir les suffrages avant de vous dire l'opinion de l'académie.

PHILOMÈLE.

Plaît-il?

MISOPON *se consulte avec ses confrères dans un coin de la salle.*

Vous autres, approchez!

PHILOMÈLE.

Que vont-ils faire?

MISOPON.

Vous le saurez tout à l'heure. (*aux académiciens.*) Quel est votre avis? faut-il élever ce musicien à la dignité de membre de l'Académie des Paresseux?

AMPHITHEOR.

Il faut savoir, avant tout, ce qu'il fait et ce qu'il veut faire.

MISOPON, *à Philomèle.*

Un mot, Philomèle. Dites-nous si vous donnez beaucoup de soin et d'étude à votre art?

PHILOMÈLE.

La musique, c'est ma vie, c'est mon bonheur! la! la! la! la!

MISOPON.

Et vous ne faites que de la musique?

PHILOMÈLE.

La musique, c'est tout mon soin, toute ma pensée.

MISOPON.

Et vous ne suivrez pas l'exemple de votre frère aîné qui, d'emploi en emploi, a fini par passer de la ville à la cour?

PHILOMÈLE.

Je ne veux poursuivre que mes notes de

musique; passer de l'une à l'autre, voilà toute mon ambition.

MISOPON.

C'est là votre résolution irrévocable?

AMPHITHEOR.

Qu'il soit des nôtres!

NÉOPISTE.

Qu'il soit des nôtres!

MOROLOGE *chante.*

Qu'il — il — soit — soit! des no-o-ô-tres!

MISOPON.

Vous êtes reçu à l'unanimité des suffrages, mon cher Philomèle, membre de l'Académie des Paresseux.

PHILOMÈLE.

Dites plutôt membre de l'académie des musiciens!

MISOPON.

Académie des musiciens, académie des paresseux, qu'importe! c'est toujours la même académie A quelques rares exceptions près, la race des musiciens est une race de paresseux.

PHILOMÈLE.

Enfin je suis heureux d'être de votre académie.

MISOPON.

La séance est levée; c'est assez discuter sur les candidats à l'académie. Ce soir, après le souper, nous pourrons recevoir un des académiciens avec les cérémonies voulues.

MOROLOGE.

Vous serez reçu le premier, Misopon, selon notre rire et nos rites, si vous voulez bien.

MISOPON.

Volontiers; et afin que la cérémonie se fasse avec toute la pompe nécessaire, je ferai porter dans cette chambre tout le mobilier académique.

MOROLOGE.

Et quant à votre discours de réception, vous aurez soin de le lire sur le manuscrit, ce qui vous donnera moins de peine que si vous l'appreniez par cœur. Ha! ha! ha!

MISOPON.

Je lirai mon discours; mais vous, Amphitheor, vous écrirez les réglements de l'académie.

AMPHITHEOR.

Je les écrirai.

MISOPON.

Quant à vous, Néopiste, vous vous procurerez les livres dont nous aurons besoin.

PHILOMÈLE.

Et moi donc, qu'aurai-je à faire?

MISOPON.

Vous, vous choisirez les plus beaux vers de nos classiques, vous les mettrez en musique et vous les chanterez.

PHILOMÈLE.

Ainsi ferai-je.

MOROLOGE.

Et moi, n'ai-je rien à faire pour ajouter à l'éclat de notre académie?

MISOPON.

L'académie est déjà assez fière de la présence de Morologe. Qu'il s'apporte lui-même, voilà tout ce que nous lui demandons.

MOROLOGE.

Je m'apporterai moi-même, ha! ha! ha! et j'apporterai en même temps des robes d'académiciens, c'est-à-dire des robes de chambre, et des bonnets d'académiciens, c'est-a dire des bonnets de nuit, oh! oh! oh! oh! la belle et facétieuse académie. Ha! ha! ha!

ACTE TROISIÈME.

SCÈNE I.

MISOPON, UN PEINTRE D'ENSEIGNES, HYDROTHERME, CHARTOPHORE.

MISOPON. *Il tient à la main une immense pancarte destinée à porter le nom de l'académie.*

Les hommes que j'ai fait avertir pour monter mon académie sont-ils arrivés?

LE PEINTRE.

Me voici, monsieur!

HYDROTHERME.

Présent!

CHARTOPHORE.

J'arrive!

MISOPON.

Pourquoi vous tenez-vous si éloignés de moi? c'est donc à moi d'aller à votre rencontre?

LE PEINTRE.

On nous a avertis de ne pas nous trop avancer, de peur de troubler votre repos, et nous avons reçu l'ordre de nous tenir dans l'antichambre.

MISOPON.

Approchez. Quelle est votre profession? n'êtes-vous pas un peintre?

LE PEINTRE.

Je suis un peintre d'enseignes, et j'arrive

de l'Italie où j'ai voyagé long-temps en cette qualité.

MISOPON.

Vous n'avez jamais été membre d'aucune académie de peinture?

LE PEINTRE.

Jamais, que je sache!

MISOPON.

Eh bien! je vous fais peintre de mon académie. Et d'abord, pour commencer, faites-moi en grandes lettres majuscules le titre de l'académie.

LE PEINTRE.

Ne faut-il pas encadrer ce titre dans une branche de palme ou de laurier?

MISOPON.

Ni palme, ni laurier, mais faites-nous un magnifique pavot. Quand l'écriteau sera fait vous le clouerez là.

LE PEINTRE.

J'obéirai.

MISOPON.

Mais hâtez-vous; ne vous exposez pas à une réprimande qui me coûterait beaucoup.

LE PEINTRE.

Cela sera fait sur-le-champ.

HYDROTHERME.

Moi j'ai nom Hydrotherme, élève du café Turc et très habile à faire toutes sortes de boissons.

MISOPON.

Je vous connais. Votre maison est le rendez-vous de plusieurs personnes d'esprit, de science et de goût. Je vous nomme limonadier de notre académie; c'est vous qui nous fournirez le café et les autres boissons du même genre; vous amènerez avec vous tout ce qui vous sera nécessaire pour votre service auprès de nous.

HYDROTHERME.

Je n'y manquerai pas.

MISOPON.

Mais hâtez-vous. Ne me forcez pas à me servir de l'aiguillon; cela me serait peu agréable.

HYDROTHERME.

Vous n'aurez pas à me reprocher ma lenteur.

CHARTOPHORE.

Moi j'ai nom Chartophore, croupier d'une maison de jeu et de plus, honnête homme, peu avide et peu voleur.

MISOPON.

Voilà qui est fort. Je vous fais le banquier de l'académie des oisifs. Vous enverrez ici une roulette avec tous ses accompagnements.

CHARTOPHORE.

Je l'enverrai.

MISOPON.

Mais cela sur-le-champ; que je ne sois pas forcé de me donner la peine de me mettre en colère contre vous.

CHARTOPHORE.

Vous n'aurez que des éloges à donner à mon exactitude.

MISOPON.

Hélas! que de mal je me donne pour mon académie! J'ai bien peur qu'avant peu, cette académie des paresseux ne soit pour moi un grand travail!

SCÈNE II.

CRITOBULE, MISOPON.

CRITOBULE.

Cher Misopon, grace à ta bonne amitié et à ta vive recommandation, je l'ai emporté sur tous ceux qui sollicitaient ta place; ta place est à moi.

MISOPON.

Tu m'en vois tout réjoui, et grand bien te fasse, mon ami.

CRITOBULE.

Pour en bien user, j'ai encore une prière à te faire.

MISOPON.

Tout ce que tu voudras; mais que veux-tu?

CRITOBULE.

Reprends, je te prie, reprends cette magistrature que j'ai reçue de toi; reprends-la et conserve-la.

MISOPON.

Il est aussi impossible à toi de me rendre ma charge, qu'il m'est impossible à moi de la reprendre.

CRITOBULE.

Reprends-la; je ne l'ai acceptée que pour empêcher un étranger de s'en emparer. Et toi, qui t'empêche de reprendre une place honorable que tu n'aurais jamais dû quitter, et qu'il est de ton devoir de conserver dans ta famille?

MISOPON.

Je ne puis pas conserver une charge que je suis incapable de remplir.

CRITOBULE.

Incapable, dis-tu? Tu serais incapable de remplir une charge dont moi-même je me reconnais très capable? Car il faut que tu saches que je viens de traiter d'une autre charge pareille à la tienne. Mais ce n'est pas de moi qu'il s'agit. Est-ce donc que tu serais incapable de faire ce que fait aujourd'hui plus d'un condisciple que tu laissais si loin de toi dans toutes les facultés?

MISOPON.

A la rigueur, je pourrais la remplir, cette charge, mais par combien de soucis et de travaux? Je ne veux pas dissimuler plus long-temps avec toi. Cette robe de magistrat que je rejette, je suis loin de la dédaigner ; bien plus, elle me paraît le comble de l'honneur ; mais je recule devant les ennuis de la profession, car si j'en acceptais les bénéfices, j'en voudrais avoir aussi tous les déplaisirs.

CRITOBULE.

C'est là mon avis; oui, tu ferais un excellent magistrat!

MISOPON.

Ce qui surtout m'épouvante, c'est cette foule infatigable de solliciteurs qui épie les moindres instants d'un pauvre juge et qui les accapare tous à son profit.

CRITOBULE.

Quoi donc? tu recules devant quelques pauvres plaideurs que tu peux rendre si heureux en leur donnant chaque jour quelques instants, et tu t'abandonnes à cette race d'oisifs qui te prennent sans pitié, sans profit pour eux ni pour toi, la plus précieuse part de ta vie?

MISOPON.

Si je m'assieds une fois parmi les juges, adieu les plaisirs de l'esprit, adieu tout le bonheur de la vie!

CRITOBULE.

Quoi donc? Et comptes-tu pour rien tant de larmes essuyées! tant d'orphelins sauvés dans leur fortune! tant de discordes étouffées! tant de familles tirées de la misère! Connais-tu donc un plus grand bonheur que celui-là : — Rendre à chacun ce qui lui est dû?

MISOPON.

Sans doute, sans doute, c'est là un grand bonheur; mais l'esprit de l'homme a besoin de certains aliments qui, j'en ai bien peur, ne se trouveront jamais dans la vie austère et laborieuse du barreau.

CRITOBULE.

Ingrat! Thémis n'est pas toujours si austère que plus d'une fois elle ne déride son front. Le travail du barreau n'occupe pas tellement la vie qu'il n'ait aussi ses instants de relâche, d'autant plus doux qu'ils sont plus rares et plus courts. La faim est l'aiguillon du banquet; le travail fait sentir le charme du repos.

MISOPON.

C'est un triste compagnon de voyage en ce monde, un travail sans fin.

CRITOBULE.

C'est la plus triste des compagnes, une oisiveté perpétuelle. Incontestable vérité celle-là! Pense donc à ce qui arrivera quand, par hasard, nous nous rencontrerons après un assez long intervalle, pendant lequel nous aurons été occupés tout entiers, moi aux études et aux affaires du barreau, et toi à ton repos et à ton sommeil de chaque jour. Chacun de nous se trouve alors en présence du même plaisir; mais quelle différence entre nos deux manières de le sentir! moi tout entier, tout emporté à la joie du moment, toi dédaigneux et prenant à peine ta part de joie d'un air méprisant et fatigué. Toi le rire te fatigue, le plaisir t'ennuie, tu t'efforces pour être de bonne humeur; mais en vain, ton humeur paraît toujours. Dieu me pardonne! même quand tu es en repos on te croirait au travail; on dirait que tu rougis de toi-même!

MISOPON, *à part.*

En effet, je me suis déjà repenti plus d'une fois. *(à Critobule.)* Donc tu es d'avis que plus on travaille, moins on travaille?

CRITOBULE.

Comme tu dis. Voilà pourquoi la nature a condamné le paresseux à l'ennui et pourquoi elle a mis tant de bonheur dans le travail. Fais-en l'expérience, si tu en doutes.

SCÈNE III.

CLÉOGÈNE, MISOPON, CRITOBULE.

CLÉOGÈNE.

Souffrez, mon excellent cousin, que je dise devant tous la reconnaissance que vous a vouée votre parent Cléogène.

MISOPON.

Mon cousin, n'allez pas me rappeler tout cela, je vous prie.

CLÉOGÈNE.

Je me tairai, Misopon; je n'irai pas raconter à tous que moi, votre parent, moi qui vous fus toujours dévoué, je suis venu chez vous pour vous demander soit une visite, soit une lettre, pour me recommander à mes juges dans un procès qui m'intéresse, et que non-seulement vous n'avez pas été les voir, et que non-seulement vous ne leur avez pas écrit, mais encore que l'un d'eux, vous ayant écrit pour savoir si en effet j'étais votre parent, vous n'avez pas pris la peine de lui répondre. Voilà ce qu'il ne faut dire à personne, Misopon!

CRITOBULE, *à Misopon.*

Cela est-il vrai?

MISOPON.

Mais hier même, j'ai recommandé votre affaire à Thémiste et cela avec toutes les instances possibles!

CLÉOGÈNE.

Vous m'avez recommandé par la bouche d'un laquais, et encore d'un laquais qui n'était pas le vôtre... Mais adieu, monsieur; j'ai perdu mon procès aujourd'hui même; c'est presque toute ma fortune; mais n'importe, j'y gagne encore, car j'ai appris à vous connaître! Si jamais vous avez besoin de moi ou des miens, comptez sur moi comme j'ai compté sur vous. Adieu!

SCÈNE IV.

CRITOBULE.

Tu le vois, mon ami; quels ennuis te cause ta négligence! quels amis et quels appuis elle te fait perdre!

MISOPON.

Je suis désolé que Cléogène ait perdu son procès; mais pourtant, dois-je donner mon temps au premier importun qui vient me dire, sans crier : gare! — J'ai besoin de vous?

CRITOBULE.

C'est un devoir de l'homme en société; il se faut entr'aider les uns les autres. Personne ne saurait se suffire à lui-même, et si nous ne nous soutenons pas tour à tour, nous tomberons tous dans le même abîme en même temps, ou les uns après les autres.

SCÈNE V.

ERGASTE, MISOPON, CRITOBULE.

ERGASTE. *Il remet tristement la tabatière sur la table de son maître.*

Mon maître, je vous rapporte votre tabatière. Je ne puis trouver personne qui consente à écrire pour aujourd'hui l'éloge de la paresse; en revanche, j'en ai trouvé plus d'un qui nous charge d'outrages, vous et moi. Votre ami Morologe s'en va çà et là, criant partout que vous avez remplacé la robe du magistrat par une robe de chambre, et tout le monde de m'arrêter par mille questions ironiques : « Votre maître montera-t-il bientôt sur son tribunal? — Votre maître appellera-t-il bientôt nos procès devant sa justice? — A quelle heure votre maître veut-il recevoir ses clients? — Mon cher Ergaste, ne voudrez-vous pas bien nous recommander à votre maître? » Monsieur, si vous pouvez supporter tranquillement de pareilles injures, la chose m'est impossible. Ainsi donc, cherchez, je vous prie, un autre valet; il est temps que je veille enfin au soin de ma réputation.

CRITOBULE.

Va-t-en et tais-toi, et prends de ta réputation tout le soin que tu voudras.

SCÈNE VI.

MISOPON, CRITOBULE.

CRITOBULE.

Pauvre ami, je partage tous tes chagrins et je comprends toute ton indignation. Ce valet stupide rapporte des bruits stupides. Cependant il y a dans tout cela quelque chose de vrai et de juste. Un jour viendra, et permets à mon amitié de te parler comme c'est son droit, un jour viendra où, en te souvenant de la noble maison qui t'a donné le jour, et de la famille qui t'éleva, et de la fortune que t'a laissée ton père, et des dons naturels qui étaient en toi, tu te repentiras amèrement d'avoir perdu tout cela dans une déplorable oisiveté. Ne feras-tu pas taire tous ces mauvais discours? de grace! n'accorderas-tu pas enfin à tes parens, à ta famille, à moi-même ce que je te demande au nom de ton illustre père, au nom de ta renommée, au nom de notre amitié? — tu ne me réponds pas? — tu détournes les yeux

MISOPON.

Cher ami, qu'exiges-tu de moi?

CRITOBULE.

Je veux que tu montes enfin les premiers degrés du tribunal où tu as droit de t'asseoir; je le veux, je t'en prie!

MISOPON.

Pense donc, je te prie, à ce que tu demandes!

CRITOBULE.

J'y ai pensé, j'y pense.

MISOPON.

Si je monte les premiers degrés de la magistrature, me voilà tout-à-fait magistrat.

CRITOBULE.

Je le sais bien, et c'est pourquoi je te veux voir assis sur les fleurs-de-lis.

MISOPON.

Tu l'exiges?

CRITOBULE.

Je l'exige et je l'ordonne.

MISOPON.

Mais au moins donne-moi le temps de réfléchir!

CRITOBULE.

Pas un instant.

MISOPON.

Un seul jour!

CRITOBULE.

Pas une heure; je te connais et je connais ta paresse. Ton malheureux penchant va toujours en augmentant; une fois que tu as dit : *Je ferai!* c'est une raison pour que tu ne fasses jamais. C'est pourquoi... — Mais où vas-tu?

MISOPON.

Laisse-moi, et souffre...

CRITOBULE.

Nul délai! je veux que tu acceptes à l'instant même.

MISOPON.

Mais c'est une véritable tyrannie !

CRITOBULE.

Oui, mais c'est la tyrannie de l'amitié.

MISOPON.

Voici quelqu'un ; laisse-moi enfin.

CRITOBULE.

Je ne te quitte pas; je te suis partout comme ton ombre.

SCÈNE VII.

TIMANTE, CRITOBULE.

TIMANTE.

Mon pupille sait-il la détermination que vient de prendre son grand-père Tisagore? Tisagore, prudent vieillard, vient de s'arranger de manière à dépouiller d'une partie de ses biens un enfant paresseux et dissipé.

CRITOBULE.

Je ne crois pas que Misopon soit encore informé de cette nouvelle; mais il faut qu'il l'apprenne par vous, son tuteur. Arrivez, et la paresse de Misopon, qui déjà chancelle, va tomber terrassée et vaincue sous nos efforts réunis. Faisons-lui honte, faisons-lui peur ; passons de la plainte à la prière, enfermons-le dans un cercle d'excellentes raisons dont il ne puisse plus sortir.

TIMANTE.

Espérez-vous donc qu'il soit encore capable d'aimer les fonctions de la magistrature et de les remplir dignement?

CRITOBULE.

Sans doute; j'ai bon espoir, je me fie à ce bon naturel. L'homme qui est né paresseux est toujours un paresseux, quoi qu'on fasse; mais celui qui s'est adonné à la paresse, entraîné par de mauvais conseils, peut sortir de son erreur et revenir plus que jamais au travail. Achevez donc ce que j'ai commencé. Entrez d'abord, je vous suis.

SCÈNE VIII.

MOROLOGE, CRITOBULE.

MOROLOGE.

N'auriez-vous pas, monsieur, une robe de chambre à nous prêter?

CRITOBULE.

Si vous voulez, j'ai à vos ordres un bonnet de nuit.

MOROLOGE.

Prêtez toujours. Ha! ha! ha!

SCÈNE IX.

LE PEINTRE D'ENSEIGNES, MOROLOGE, AMPHITHEOR.

MOROLOGE, *au peintre.*

Quel homme êtes-vous, et que voulez vous avec cette immense pancarte?

LE PEINTRE, *posant l'écriteau.*

J'apporte l'enseigne que M. votre président m'a ordonné de peindre ainsi et de poser ici.

MOROLOGE, *lisant.*

Académie des Paresseux! très bien. Mais cette enseigne faut-il la placer ici ou dehors?

LE PEINTRE, *tout en posant l'enseigne.*

M. le président a ordonné qu'on la posât ici.

AMPHITHEOR.

Il faut en effet la poser ici. Les autres académies étalent leur enseigne dans la rue parce qu'elles veulent avoir un nom au dehors; mais nous qui méprisons la renommée, et qui restons enveloppés dans notre manteau, c'est assez que nous ayons notre enseigne ici.

MOROLOGE.

Très bien pensé et très bien parlé. Ha! ha! ha!

AMPHITHEOR, *apercevant le grand-père de Misopon avec son père nourricier.*

Hum, Morologe, tenez bien la partie; je vois venir le grand-père de notre président, accompagné d'un paysan.

MOROLOGE.

Faut-il les laisser entrer?

AMPHITHEOR.

Tous les deux : l'un par respect, l'autre pour en rire. Cependant ne les retenez pas long-temps, car ce vieillard pourrait bien par ses cris et par ses reproches, rompre le calme heureux de notre académie.

SCÈNE X.

TISAGORE, PÉDOTROPHE, MOROLOGE, AMPHITHEOR.

TISAGORE.

Ahi! soutiens-moi donc, Pédotrophe; aye!

PÉDOTROPHE.

Reprenez haleine, monsieur, et marchez lentement.

(Dans cette scène Morologe imite en riant aux éclats, les gestes et les inflexions de voix du campagnard.)

MOROLOGE, *à part.*

Lentement!

TISAGORE.

Où est le temps où je franchissais ce même

même escalier d'un pas agile, tant j'avais hâte d'embrasser et d'entendre mon fils chéri! Ah!

MOROLOGE.

Ah!

PÉDOTROPHE.

Hélas! l'âge s'avance, apportant les misères, emportant le bonheur!

AMPHITHEOR.

Monsieur, vous demandez Misopon, j'imagine, et nous aussi nous le cherchons comme vous; mais il est absent. Il est tout entier plongé dans des affaires d'une haute importance.

TISAGORE.

Vous l'attendez, monsieur, à ce qu'il me semble; nous l'attendrons aussi. Pédotrophe, tiens-toi à cette porte pour voir quand reviendra mon petit-fils. O mon petit-fils! mon petit-fils!

AMPHITHEOR.

Recevez, monsieur, nos sincères compliments; vous avez en effet un petit-fils qui est tout-à-fait digne de son grand-père.

TISAGORE.

Tout-à-fait digne!

PÉDOTROPHE.

O mon nourrisson, mon nourrisson!

MOROLOGE.

Seriez-vous par hasard le père nourricier de Misopon?

PÉDOTROPHE.

Mais je le crois.

MOROLOGE.

Par le ciel vous avez fait là une belle nourriture! C'est un élève gros et gras.

PÉDOTROPHE.

Je m'en vante.

TISAGORE.

Comment un enfant peut-il ressembler si peu à son père! Se défaire ainsi de la charge de son père! O mon petit-fils! mon petit-fils!

AMPHITHEOR.

Qu'importe qu'il vende sa charge après tout, s'il a une autre charge toute prête, facile à remplir sans travail, ce qui a bien son agrément?

TISAGORE.

Que dites-vous?

PÉDOTROPHE.

Que dit-il?

AMPHITHEOR.

Je dis ce qui est. Vous vouliez faire de votre fils un magistrat, n'est-ce pas?

TISAGORE.

C'était là mon plus vif désir.

AMPHITHEOR.

Votre fils sera président.

TISAGORE.

Président, dites-vous?

PÉDOTROPHE.

Juste ciel! président!

AMPHITHEOR.

Président, vous dis-je; non pas président au parlement, mais président d'une académie.

TISAGORE.

D'une académie! Vous vous moquez, monsieur; il n'y a pas une académie en ce monde qui consentît à recevoir dans son recoin le plus obscur mon paresseux petit-fils.

PÉDOTROPHE.

Mais où donc est cette académie?

MOROLOGE.

En Arcadie. — Ha! ha! ha!

AMPHITHEOR.

Elle se tient ici même cette illustre académie dont votre petit-fils est le digne président; tenez, lisez vous-même.

(Il montre l'enseigne à Tisagore.)

TISAGORE.

Qu'y a-t-il? *Académie de...* Mes pauvres yeux ne peuvent plus lire.

MOROLOGE.

Mettez vos lunettes.

PÉDOTROPHE.

Je vais lire pour vous. *Académie des Paresseux.*

TISAGORE. *Il tire ses lunettes, il les met sur son nez et il lit :*

Académie des Paresseux. Académie des paresseux! O ciel! ô terre! ô honte! Et faut-il que je sois le témoin de cette honte! Non, non, je ne le souffrirai pas.

(Le vieillard s'efforce d'arracher l'écriteau avec son bâton.)

AMPHITHEOR, *l'arrêtant.*

Que faites-vous? Je ne le souffrirai pas.

TISAGORE.

Par le ciel! qui que vous soyez, effronté jeune homme, respect à mes cheveux blancs!

AMPHITHEOR.

C'est justement parce que je vous respecte, que je ne veux pas vous voir livrer à des emportements indignes de votre vieillesse.

PÉDOTROPHE.

Eh bien! c'est moi qui arracherai cette enseigne et qui la foulerai aux pieds.

MOROLOGE. *Il fait semblant de vouloir aider Pédotrophe et il le précipite de la chaise sur laquelle il est monté.*

Courage! approchez la chaise, montez. Ha! ha! ha! prenez garde de tomber.

PÉDOTROPHE.

Mais...

MOROLOGE.

Tenez-vous bien.

(Il le fait tomber une seconde fois.)

PÉDOTROPHE, *à terre.*

Ouf! Pourquoi donc me pousser ainsi,

méchant bouffon? Prends garde à mon bâton.

(Il le menace de sa canne.)

MOROLOGE.

Un peu de patience, notre cher père nourricier!

PÉDOTROPHE.

Je t'en donnerai de la patience sur les épaules.

MOROLOGE.

Patience! vous dis-je, dans l'académie des paresseux.

TISAGORE.

Contiens-toi, mon bon Pédotrophe. Je veux laisser ici cet écriteau jusqu'au retour de mon scélérat de petit-fils, afin que j'apprenne de sa bouche ce que c'est que cette académie et quels sont ses réglements.

AMPHITHEOR.

Qui peut vous les dire mieux que moi ces réglements, moi qui les ai écrits sous la dictée de notre très nonchalant président lui-même? Ecoutez.

PÉDOTROPHE.

Ecoutons.

MOROLOGE, *au paysan.*

Oreilles ouvertes et bouche close!

PÉDOTROPHE.

Et toi, retiens ta langue.

AMPHITHEOR, *lisant.*

Réglement de la très tranquille Académie des Paresseux.

TISAGORE.

O folie! ô démence!

AMPHITHEOR.

Article premier. *Les membres de l'Académie des Paresseux ne rempliront aucune charge, soit publique, soit privée.*

MOROLOGE.

Article très sage.

PÉDOTROPHE.

Stupide.

TISAGORE.

Vous serez donc inutiles toute votre vie?

AMPHITHEOR.

Aucun emploi, hormis les emplois honorifiques.

TISAGORE.

Quelle vie mènerez-vous donc?

AMPHITHEOR.

Une noble vie.

TISAGORE.

Et cependant vous ne ferez rien de noble.

AMPHITHEOR.

Ne dit-on pas d'un homme qui vit sans rien faire : *C'est un gentilhomme!*

PÉDOTROPHE.

Mauvais dicton.

MOROLOGE.

Ceci est aussi bien dit que bien fait. Continuez, Amphitheor.

AMPHITHEOR.

Art. II. *Le premier devoir de tout académicien, c'est de vivre pour lui seul et comme s'il était seul au monde, — et de ne prendre aucun soin de son esprit.*

TISAGORE.

Aucun soin?

AMPHITHEOR.

Aucun, à moins que ce ne soit pour se distraire et pour s'amuser.

PÉDOTROPHE.

Mais c'est là la vie d'un...

MOROLOGE.

Que dit notre cher nourricier? qu'a-t-il à murmurer?

PÉDOTROPHE.

Je dis et je soutiens que votre réglement : *Vivre pour soi*, est une infâme loi, contraire à tous les sentiments humains.

MOROLOGE.

C'est votre opinion?

PÉDOTROPHE.

Mon opinion.

MOROLOGE.

Vous en êtes bien sûr?

PEDOTROPHE.

Oui, certes!

MOROLOGE.

J'aime cette assurance toute philosophique. Mais ce n'est pas assez de dire : — j'affirme! faut prouver ce qu'on affirme.

PEDOTROPHE.

La preuve est facile. Les hommes ne se doivent-ils pas mutuellement aide et assistance, comme les membres du corps s'aident entre eux... L'œil guide le pied — les pieds portent le corps — la main remplit la bouche — la bouche remplit l'estomac — ainsi...

MOROLOGE.

Ainsi, quoi?

PÉDOTROPHE.

Que disais-je?

MOROLOGE.

C'est parler d'or ; mais vous n'avez encore rien prouvé.

PÉDOTROPHE.

Je n'ai rien prouvé! et comment cela?

MOROLOGE.

Parce que — parce que tout argument qui n'est pas dans la forme ne prouve rien ; — parce que — donc, répondez-moi dans les formes.

PÉDOTROPHE.

De quelles formes parlez-vous?

MOROLOGE.

Choisissez le raisonnement en barabas, ou en biribi ou en barbara.

PÉDOTROPHE.

C'est toi qui es un barbare. Je n'entends pas un mot.

TISAGORE.

Mon pauvre Pédotrophe, pourquoi perdre ta peine à répondre à ce sot plaisant? Ne vois-tu pas qu'il se moque en même temps de toi et des belles études dont il ne sait pas un mot?

PÉDOTROPHE.

Il ne se moquera jamais autant de moi, que moi-même je me moque de lui.

MOROLOGE.

La forme! la forme! la forme!

PÉDOTROPHE, *criant de toutes ses forces.*

La forme! la forme! la forme!

MOROLOGE.

Ha! ha! ha!

PÉDOTROPHE.

S'il ne s'agit que de crier bien haut, je suis votre homme, et je puis crier : — *La forme!*

MOROLOGE.

C'est bien démontrer, car c'est bravement crier.

TISAGORE.

Mais où donc est mon petit-fils? Ne reviendra-t-il pas bientôt auprès de moi?

AMPHITHEOR.

M'est avis qu'il est occupé, à l'heure qu'il est, des affaires les plus importantes; c'est pourquoi, si vous m'en croyez...

(*Il lui montre la porte.*)

TISAGORE.

Ma résolution est prise; je ne sors pas d'ici que je ne lui aie parlé.

AMPHITHEOR.

Je continuerai ma lecture, pour vous faire prendre patience. — Art. III. *Mais afin que l'ennui ne puisse avoir accès auprès des académiciens, il est enjoint à chaque membre de beaucoup travailler, à condition qu'il ne fera jamais rien.*

TISAGORE.

Merci de moi!

AMPHITHEOR.

Vous soupirez?

PÉDOTROPHE.

Ha! ha! ha!

MOROLOGE.

Vous riez?

PÉDOTROPHE.

O la chose sensée, en effet, un travail de paresseux! Ha! ha! Je voudrais bien savoir quelle est cette sorte de travail?

MOROLOGE.

Regardez-moi, car c'est à moi de vous répondre; regardez-moi bien en face et faites-moi votre question.

PÉDOTROPHE.

Je demande ce que c'est que le travail d'un paresseux?

MOROLOGE.

C'est un travail qui... C'est un travail qui n'est pas un travail.

PÉDOTROPHE.

Montrez-moi un travail de ce genre?

MOROLOGE.

Le voici tout trouvé. Regardez.

SCÈNE XI.

HYDROTHERME, TISAGORE, AMPHITHEOR, MOROLOGE.

PÉDOTROPHE, *voyant le café et le thé.*

Qu'est-ce que c'est que cette fève noire?

HYDROTHERME.

C'est du café.

PÉDOTROPHE.

Et cette herbe?

HYDROTERME.

C'est du thé.

PÉDOTROPHE.

Et à quoi bon ces petits vases?

HYDROTHERME.

C'est le service du déjeuner.

PÉDOTROPHE.

Où sont les bouteilles?

MOROLOGE.

La question est bonne.

TISAGORE.

O Dieu! quelle débauche!

AMPHITHÉOR.

Débauche, dites-vous! Seriez-vous opposé à l'usage de ces salutaires boissons?

TISAGORE.

Pas le moins du monde. Qui oserait contester l'utilité de ces fébrifuges?

AMPHITHEOR.

Ce ne sont pas des fébrifuges, mais ce sont des *ennuifuges*. Ils dissipent l'ennui, ils chassent les vapeurs. (*Il prend la cafetière et il fait semblant d'offrir du café au paysan.*) Vous préparez votre café avec tous les soins convenables; — vous le mettez au feu; — il est bouillant; — vous le versez dans votre tasse; — vous le sucrez à votre goût complaisamment; — vous le versez dans la soucoupe en arrondissant le bras; — vous y portez vos lèvres doucement murmurantes; — enfin vous l'aspirez lentement et goutte à goutte; — et cependant le temps s'écoule sans ennui; et cependant du fond de la tasse vous arrivent un à un, en bouillonnant, mille joyeux traits d'esprit qui font la grace et le charme de la conversation.

TISAGORE.

Oui, certes, des plaisanteries de tout genre et des conversations de toute espèce, dans lesquelles on ne respecte ni la renommée d'autrui, ni les dignités éminentes, ni le roi, ni la religion; c'est à peine si Dieu lui-même est épargné!

AMPHITHEOR.

J'espère, monsieur, que ces sages paroles ne s'adressent pas à nous?

TISAGORE.

Elles ne s'adressent à personne et elles s'adressent à tout le monde; elles s'adressent à tous les buveurs d'eau chaude qui vont puiser dans le fond de leur tasse je ne sais quelle ironie impie et maudite, qu'il est impossible de tolérer.

PÉDOTROPHE.

Parlez-moi de boire du vin! Le vin ne porte pas avec lui la calomnie; on remplit son verre et l'on boit à la santé de Dieu et du roi!

MOROLOGE.

Il paraît, l'ami, que l'eau vous en vient à la bouche; buvez du vin, à la bonne heure, car dans notre académie on boit *ad libitum*. Nous boirons avec votre nourrisson de l'une et de l'autre boisson; l'une, tout d'abord, l'autre à loisir.

SCÈNE XII.

CHARTOPHORE, TISAGORE, PÉDOTROPHE, AMPHITHEOR, MOROLOGE.

TISAGORE.

Et à présent quelle est cette table qu'on apporte ici?

CHARTOPHORE.

J'apporte des cartes et des dés à jouer.

TISAGORE.

Malheur à moi! Qu'ai-je vu?

AMPHITHEOR.

Vous voyez d'inocentes armes destinées à l'innocent duel d'innocents oisifs.

PÉDOTROPHE.

A la porte, damné, à la porte, toi et tes dés!

CHARTOPHORE.

A qui parles-tu, paysan?

PÉDOTROPHE.

C'est à toi que je parle, à toi qui apportes ici ces instruments de perdition.

CHARTOPHORE.

J'obéis aux ordres du maître de céans.

PÉDOTROPHE.

Et voici mes ordres, à moi! — emporte tout cela!

CHARTOPHORE.

Tes ordres! Mais qui donc es-tu pour commander ainsi?

PÉDOTROPHE.

Je suis un homme qui peut te donner des coups de bâton.

MOROLOGE. *Il ôte la table afin que le champ soit plus vaste aux antagonistes.*

Bien commencé! Laissez-moi mettre en sûreté ces dés et ces cartes, et après vous aurez le champ libre. Allons, ferme, courage! combattez, et ne vous épargnez pas!

PÉDOTROPHE.

Pourquoi me regardes-tu? Que veut dire ce grognement? Veux-tu que je te chatouille les épaules avec mon bâton?

MOROLOGE, *à Pédotrophe.*

Courage! Il te nargue.

CHARTOPHORE.

Partout autre part je t'apprendrais, manant, à respecter les hommes comme il faut.

MOROLOGE, *à Chartophore.*

Faites comme si vous étiez autre part.

PÉDOTROPHE.

Je t'empêcherai bien d'introduire ici ces instruments maudits.

MOROLOGE, *au paysan.*

Allons donc!

CHARTOPHORE.

Malheur à toi si tu me touches même du petit doigt.

MOROLOGE, *à Chartophore.*

Commencez donc.

PÉDOTROPHE, *à Tisagore.*

Maître, laissez-moi châtier comme il convient l'insolence de cet homme.

MOROLOGE, *au paysan.*

Châtie-le donc!

TISAGORE.

Arrête, Pédotrophe; celui qui pèche le plus, ce n'est pas le bras qui frappe, c'est la tête qui conseille.

MOROLOGE, *à part.*

Méchant vieillard, qui nous prive ainsi de cette symphonie académique!

CHARTOPHORE.

Prends garde à toi, là-dehors.

PÉDOTROPHE.

Que dis-tu? Veux-tu?...

TISAGORE.

Personne enfin ne pourra-t-il me dire où est monsieur mon petit-fils? Pédotrophe, va me chercher son valet et puis reviens.

MOROLOGE.

Faites en sorte que nous ne soyons pas privés long-temps de votre aimable présence, notre excellent père nourricier; car nous vous aimons de tout notre cœur.

(*Il l'embrasse.*)

SCÈNE XIII.

TISAGORE, AMPHITHEOR, MOROLOGE.

TISAGORE.

O temps ! ô mœurs !

AMPHITHEOR.

Pourquoi donc accuser ainsi les mœurs de notre temps? n'avez-vous pas été jeune comme nous?

TISAGORE.

Oui, j'ai été jeune et je me suis abandonne à tous les plaisirs de la jeunesse, sous le regard bienveillant de mon père; lui-même il nous engageait à nous livrer à nos jeux le soir, après dîner.

MOROLOGE.

Vous jouiez au jeu de l'oie, j'imagine?

TISAGORE.

Très souvent au jeu de l'oie.

MOROLOGE.

Renouvelé des Grecs?

TISAGORE.

On le dit.

MOROLOGE.

Ha! ha! ha! le jeu de l'oie, renouvelé des Grecs!

TISAGORE.

Vous aimez mieux, je le vois, jouer au pharaon. Mais qu'importe l'origine et le nom du jeu qu'on joue, pourvu que ce soit un jeu propre à reposer agréablement l'esprit?

AMPHITHEOR.

Je suis de votre avis. Cependant, vous voyez bien que vous aimiez à jouer et que votre père lui-même vous y autorisait.

TISAGORE.

Oui, c'était de l'aveu de notre père; lui-même, avant le jeu, distribuait à chacun de nous sa petite somme. Alors, sœurs et frères, chacun de nous jetait le dé à son tour. Quand le hasard amenait un des joueurs dans le Puits ou au Cabaret, c'étaient des rires! — mais ils n'offensaient personne. Notre bon père lui-même, attentif à chaque coup, se mêlait de temps à autre à notre jeu. — Holà! mon enfant, disait-il à celui-ci, vous allez bien souvent au cabaret; prenez garde d'y trop rester et d'y manger tout votre bien! — Holà! ma fille, disait-il à celle-là, sortez bien vite du labyrinthe et faites en sorte de ne pas retomber dans un piége plus dangereux! Ainsi nous savions jouer entre nous sans ennui, sans dommage, et puis chacun de nous se retirait, en paix avec lui-même et avec les autres.

MOROLOGE.

Le jeu de l'oie! Ha! ha! ha!

AMPHITHEOR.

Ainsi nous autres, nous jouerons avec notre ami Misopon comme d'honnêtes et pacifiques oisifs.

TISAGORE.

Et vous jouerez nuit et jour.

MOROLOGE, *à part.*

Ha! ha! ha!

SCÈNE XIV.

NÉOPISTE, TISAGORE, AMPHITHEOR, MOROLOGE.

NÉOPISTE, *à un libraire qui est chargé de livres.*

Déposez ici ces livres et laissez-nous.

TISAGORE.

De quelle espèce sont ces livres?

NÉOPISTE.

De vrais livres académiques, monsieur; c'est Misopon lui-même qui les a choisis pour amuser notre oisiveté.

AMPHITHEOR.

Eh bien! ce petit-fils si dissipé, vous voyez, monsieur, qu'il n'a pas oublié les belles-lettres. Lisez-nous un peu le titre de quelques-uns de ces livres, Néopiste, afin d'avoir, sur nos lectures, l'opinion très sensée de monsieur.

NÉOPISTE. *Il lit.*

Le Monde au repos, nouveau système philosophique dans lequel l'immobilité des corps et le repos de l'ame sont érigés en principe.

AMPHITHEOR.

Très bien.

TISAGORE.

O paresse!

MOROLOGE.

Nouveau système philosophique! Ptolémée, Copernic, Newton, sont dépassés. Bien plus, le nouveau système ne fait plus qu'une seule et même opinion de tant d'opinions opposées. Partout le repos, partout le loisir, partout le vide aussi, mais un vide plein de charme. Ha! ha! ha!

NÉOPISTE.

Le Travail des Oisifs ou l'Oisiveté des travailleurs.

AMPHITHEOR.

Le titre est ingénieux.

TISAGORE.

Quelles misères!

MOROLOGE.

Le Travail des Oisifs ou l'Oisiveté des travailleurs! Charmant livre! il n'apprend rien en apprenant beaucoup. Ouvrage vraiment utile pour ceux qui s'agitent beaucoup pour ne rien faire. Ha! ha! ha!

NÉOPISTE.

Asinius Gallus ; *Du Mépris des lettres.*

AMPHITHEOR.

Voilà qui est savant.

TISAGORE.

O honte !

MOROLOGE.

Asinius Gallus! J'ai connu beaucoup sa famille ; elle est nombreuse ; je crois même que je suis un peu le parent des Asinius. Ha !

NÉOPISTE.

Baviana, Fatuana, Turlupiana, ou Abrégé général des *ana.*

AMPHITHEOR.

Voilà qui est fin.

TISAGORE.

Quelles bêtises !

MOROLOGE.

Ana, ana, ana, j'aime les anas. Quand fera-t-on le *Morologiana?*

NÉOPISTE.

Attendez, ce sera, pour une prochaine édition. Voici encore d'autres livres; en un mot, j'ai ramassé tout ce que j'ai trouvé de plus inutile et de plus ignorant dans cette foule de bouquins qui couvrent le parapet des ponts, appelant en vain un lecteur et un acheteur. Tous ces livres sont revêtus d'une reliure resplendissante. Vous savez comment on les appelle? *La Bibliothèque bleue.*

AMPHITHEOR.

Très bien.

TISAGORE.

O platitude !

MOROLOGE.

La Bibliothèque bleue! Voilà un titre qui me convient, voilà un livre d'une jolie couleur ! J'aime avant tout ces livres recouverts d'un beau papier à sucre, mais qui n'ont pas la saveur du sucre. Mais quoi ? Cela a toujours assez de sel pour les idiots. Ha ! ha ! ha !

NÉOPISTE.

L'Officine somnifère, qui contient une grande quantité de recettes d'un effet certain et éprouvé pour appeler le sommeil. — Le second titre de ce livre est celui-ci : *Cabinet des livres nouveaux ;* une seule page suffit pour vous faire tomber de sommeil.

MOROLOGE.

L'Officine somnifère! O livre le plus utile des livres! l'autre nuit que je ne pouvais dormir, je tombai par hasard sur un livre nouveau de cette espèce et aussitôt le plus doux sommeil s'empara de tous mes membres. — J'en bâille encore, rien que d'y penser. Houah ! (*Il bâille, après quoi il éclate de rire.*) Ha ! ha ! ha !

SCÈNE XV.

ERGASTE, PÉDOTROPHE, TISAGORE, AMPHITHEOR, MOROLOGE, NÉOPISTE.

TISAGORE.

D'où vient Ergaste si tard?

ERGASTE.

Je viens de me cacher dans un coin tant je rougissais de la paresse de mon maître, votre petit-fils.

TISAGORE.

Pourquoi donc ne chasses-tu pas la paresse de cette maison?

ERGASTE.

Parce que je suis le valet, non le maître.

TISAGORE.

Mais sais-tu enfin où est ton maître ?

ERGASTE.

Je ne sais ; à moins qu'il ne soit ici près, à la chancellerie, où l'on m'a dit qu'il vient de se rendre lui-même.

TISAGORE.

A la chancellerie?

MOROLOGE.

C'est là en effet que lui seront délivrées les lettres patentes de notre académie.

TISAGORE.

Malheur à moi ! Que faire? faut-il rester? faut-il partir?

AMPHITHEOR.

Je crois que vous ferez mieux de sortir d'ici, monsieur.

SCÈNE XVI.

PHILOMÈLE, DEUX CHANTEURS, TISAGORE, AMPHITHEOR, MOROLOGE, NÉOPISTE.

PHILOMÈLE. *Il entre en chantant.*

Arrivez, musiciens d'élite ! préparez tous vos moyens ; je veux que rien ne manque à l'harmonie de cette assemblée.

TISAGORE.

Quoi, aussi des instruments? des musiciens aussi?

AMPHITHEOR.

Eh ! oui, des musiciens et de la musique ! La musique engendre l'oisiveté et l'oisiveté s'arrange fort bien de la musique; elles se tiennent par la main l'une l'autre, et rien ne peut mieux accompagner l'académie des ignorants que la musique.

PHILOMÈLE.

Commencez. Nous chanterons chacun à notre tour.

TISAGORE.

Grand Dieu ! je puis à peine me contenir !

MOROLOGE.

Quelle puissance, la musique! Voyez! voici un homme grave et respectable qui est déjà tout hors de lui! Moi-même, je puis à peine m'empêcher de danser comme un fou. Offrez-moi la main, Pédotrophe!

PHILOMÈLE.

Arrivez, maîtres chanteurs; voici une chanson à la louange de l'oisiveté; chacun de vous chantera sa strophe; attention à la mesure, s'il vous plaît!

TISAGORE.

Que ne puis-je être sourd!

PÉDOTROPHE.

Moi, je vais me boucher les oreilles.

MOROLOGE.

Moi, je n'ai pas assez de mes deux oreilles.

PHILOMÈLE. *Il chante.*

Fainéants et faiseurs de riens
Seront nos académiciens.
O la nombreuse académie!
Combien de gens en cette vie
Perdent leur temps!
Presto, presto, musette!
Qu'on les mette
Parmi nos fainéants!

Dans un cercle ou dans un café,
Le cœur froid, l'esprit échauffé,
Que fait ce profond politique?
Il réforme la république;
Il perd son temps.
Presto, etc.

Un philosophe en son cerveau
Arrange un système nouveau.
Que produit le nouveau système?
Le monde ira toujours de même.
Il perd son temps.
Presto, etc.

Jeune légiste, allant en droit,
Ne marche pas toujours bien droit;
Arrive-t-il jusqu'à l'école,
Il entre et puis, zeste, il s'envole,
Il perd son temps.
Presto, etc.

Censeur malin veut ravaler
L'auteur qu'il ne peut égaler.
Fait-on grand cas de sa critique?
On sait quelle mouche le pique.
Il perd son temps.
Presto, etc.

Tel homme est chargé d'un emploi
Ou pour le peuple ou pour le roi;
Travaille-t-il? c'est un mystère;
Qu'on le demande au secrétaire:
Il perd son temps.
Presto etc.

Sur leurs défauts petits et grands
Un père prêche ses enfants;
La morale est bonne et bien ample.
Qu'y manque-t-il? le bon exemple.
Il perd son temps.
Presto, etc.

Contre un indolent petit-fils
Grand-papa jette les hauts-cris.
Lui procure-t-il l'opulence
Qui fomente son indolence,
Il perd son temps.
Presto, presto, musette!
Qu'on les mette
Parmi nos fainéants!

TISAGORE.

Qu'entends-je? Recommencez!

MOROLOGE.

Oh! notre vieillard n'est pas tellement sourd qu'il n'entende fort bien. Recommencez, Philomèle, recommencez.

PHILOMÈLE.

Contre un indolent petit-fils...

TISAGORE.

Moi aussi vous me jugerez digne du fauteuil dans votre académie d'oisifs et d'insensés.

AMPHITHEOR.

Vous êtes tout-à-fait digne d'être reçu membre honoraire de notre académie, — honoraire oisif — comme cela se fait dans toutes les autres académies.

TISAGORE.

Il m'est impossible de rester ici plus longtemps. Sortons, Pédotrophe! Mais par le ciel, je prendrai mes mesures pour qu'on ne me fasse pas le reproche de favoriser la paresse de mon petit-fils!

ERGASTE.

Hem! ne sortez pas, monsieur; j'aperçois mon maître. Le voici.

SCÈNE XVII.

MISOPON, TISAGORE, AMPHITHEOR, MOROLOGE, NÉOPISTE, PHILOMÈLE, ERGASTE, PÉDOTROPHE.

(A l'arrivée de leur président, tous les membres de l'académie se lèvent pour lui faire honneur.)

MOROLOGE.

Levons-nous et écoutons notre très tranquille président.

MISOPON. *Il va au-devant de son grand-père.*

Mon excellent père!

TISAGORE.

Mon très mauvais fils!

AMPHITHEOR, *à Tisagore.*

Un peu plus de respect pour les académiciens, s'il vous plaît.

TISAGORE.

Arrivez et recevez ma malédiction, monsieur!

PÉDOTROPHE. *Il se jette aux pieds du vieillard.*

Pardon!

TISAGORE. *Il lève les mains comme pour maudire Misopon.*

Moi, ton père, je te mau...

MOROLOGE. *Il arrête la main du vieillard.*

Grace! grace!

TISAGORE.

Par ma puissance paternelle!

MOROLOGE.

Par mon autorité académique!

TISAGORE.

Cesseras-tu tes stupides plaisanteries?

MOROLOGE.

Et vous, cesserez-vous de maudire?

TISAGORE.

Ne pourrais-je donc pas maudire mon petit-fils tout à mon aise?

MOROLOGE.

Les académiciens sont en dehors de votre juridiction.

MISOPON.

Approchez, Timante! approchez, Critobule. Accourez et apaisez mon grand-père!

SCÈNE XVIII.

TIMANTE, CRITOBULE, MISOPON, TISAGORE, AMPHITHEOR, MOROLOGE, ERGASTE, PÉDOTROPHE, PHILOMÈLE.

TIMANDRE.

Arrêtez!

TISAGORE.

Non, Timante, je ne le maudirai pas; mais enfin l'instant est venu de punir comme il convient la conduite de Misopon.

CRITOBULE.

Au contraire, voici le moment d'être plus indulgent que jamais.

TISAGORE.

Indulgent pour de pareils désordres, juste ciel! voyez plutôt cet infâme écriteau!

TIMANTE.

Nous le voyons, mais...

TISAGORE.

Voyez donc cet appareil académique!

CRITOBULE.

Nous le voyons, mais...

TISAGORE.

Voyez ces dés, ces cartes et cette table à jouer!

TIMANTE.

Nous le voyons, mais...

TISAGORE.

Balayez-moi loin d'ici ce ramas de livres sans nom!

TIMANTE.

Qu'est-il besoin de les balayer, si...

TISAGORE.

Voyez ces instruments de musique!

TIMANTE.

Il est inutile de s'y arrêter, puisque...

TISAGORE.

Et jugez par vous-même de la vie, des mœurs, des intentions et des désordres de mon petit-fils.

CRITOBULE.

Mais, enfin...

TISAGORE, *à Critobule.*

Et vous, honnête jeune homme, vous ne rougissez pas de cet homme perdu, et vous n'avez pas pitié de ma vieillesse! Hélas! helas! dans quel déshonneur je suis tombé!

(Il se laisse tomber dans un fauteuil et à peine se soutient-il sur son bâton.)

PÉDOTROPHE, *pleurant.*

Heu! heu!

MOROLOGE, *riant.*

Ha! ha! ha!

TIMANTE.

Misopon, il faut répondre.

MISOPON.

Je n'ose pas.

CRITOBULE.

Un seul mot et te voilà justifié.

TISAGORE, *se relevant avec colère.*

C'est un projet bien arrêté; je le déshérite.

MOROLOGE.

Oui, mais vous ne le chasserez pas de notre académie!

TIMANTE, *à Tisagore.*

De grace, monsieur, écoutez-moi!

TISAGORE.

Vous en avez dit assez en sa faveur; je n'écoute plus rien.

CRITOBULE.

Mais, s'il vous plaît, vous êtes dans l'erreur, et vous allez avoir meilleure opinion de l'enfant de votre fils.

TISAGORE.

Je suis dans l'erreur?

CRITOBULE.

Vous croyez peut-être qu'il s'obstine à ne pas entrer dans la magistrature?

TISAGORE.

Je suis payé pour le penser.

CRITOBULE.

Au contraire, il se fait magistrat!

TISAGORE.

Dans l'académie des paresseux!

MOROLOGE.

C'est cela. Ha! ha! ha!

CRITOBULE.

Il entre dans le corps des juges.

TISAGORE.

Des juges de l'académie.

MOROLOGE.

Bonne interprétation. Ha! ha! ha!

CRITOBULE.

Magistrat du parlement.

MOROLOGE, *étonné*.

Oh!

TIMANTE.

Oui, Misopon veut continuer avec honneur la magistrature de son père, et c'est pour la rendre à qui de droit que son ami Critobule l'a achetée aujourd'hui même.

AMPHITHEOR, *étonné*.

Oh!

CRITOBULE.

Aujourd'hui même il est des vôtres.

PÉDOTROPHE, *joyeux*.

Ah!

NÉOPISTE, *tristement*.

Ah!

CRITOBULE.

Il revient de la chancellerie.

PHILOMÈLE, *d'un ton plaintif*.

La, la, la.

CRITOBULE.

Il a déjà fait au Parlement la demande de son brevet.

TISAGORE, *déjà radouci*.

Mais tout cela est-ce croyable?

TIMANTE.

Vous pouvez et vous devez le croire.

TISAGORE.

Si tout ce qu'on me dit est vrai, pourquoi donc, mon cher enfant, ne viens-tu pas te jeter dans les bras de ton père?

MISOPON.

Oui, mon père, tout ce que vous a dit mon ami Critobule est vrai; mais ce qu'il aurait dû vous dire, c'est que, grace à ses prières, à ses conseils, à ses remontrances, grace aussi à mon excellent tuteur qui a réuni ses efforts aux siens, je reviens à des devoirs trop long-temps négligés, et à présent j'y consacrerai toute ma vie.

TISAGORE.

Cher enfant, tu feras le bonheur de ma vieillesse! O Critobule! ô Timante! en me rendant mon petit-fils tel que je le voulais, vous m'avez rendu la vie. Rentrons chez moi, rentrons; nous dînerons ensemble aujourd'hui chez moi avec mon enfant. Obéis, Ergaste; tu seras des nôtres, Pédotrophe.

ERGASTE.

Mon maître, puisque vous n'êtes plus un paresseux, je vous rends mes services.

PÉDOTROPHE. *Il baise la main de Misopon.*

Mon fils! mon fils! O ma femme! quelle bonne nouvelle pour toi!

AMPHITHEOR.

Cependant que va devenir notre académie?

MISOPON.

Cherchez, je vous prie, une autre maison pour vos séances; car l'oisiveté serait mal à l'aise dans la maison d'un magistrat.

(*Misopon congédie les académiciens, et ceux-ci se retirent.*)

MOROLOGE.

Au moins emporterai-je avec moi cet écriteau, je veux qu'il soit appendu dans la maison d'Onagre, ce riche oisif qui chante si bien. — Oh! l'académie des paresseux ne peut pas mourir. Avant celle-là on verra mourir plus d'une académie savante, qui passera de l'activité dans la paresse. Vive, vive l'académie des paresseux! Si quelqu'un de vous, messieurs, (*aux spectateurs.*) veut être des nôtres, qu'il le dise; nous ne serons pas bien difficiles. En attendant, le ciel vous tienne en joie et en santé. — Ha! ha! ha!

ÉPILOGUE EN COUPLETS.

AIR de trompette.

Fuyons une molle indolence,
Suivons la voix de l'honneur;
Plus on se fait de violence,
Plus on trouve de douceur.
Après les alarmes,
Après les travaux,
On goûte mieux les charmes
Du repos.

Le soldat avide de gloire
Soupire après les combats;
Plus on lui vend cher la victoire,

Plus elle a pour lui d'appas.
Après les alarmes, etc.

Le pilote brave l'orage
En luttant contre la mort;
Plus il s'est vu près du naufrage,
Plus il est tranquille au port.
Après les alarmes, etc.

Le laboureur sème en automne
Et sème dans la douleur;
Mais la peine même assaisonne
Les doux fruits de son labeur.
Après les alarmes, etc.

Un jeune élève du Parnasse
Court par de rudes sentiers
Pour arriver des premiers.
Arrive-t-il, il se délasse
A l'ombre de ses lauriers.
Après les alarmes,
Après les travaux,
On goûte mieux les charmes
Du repos.

FIN DU PARESSEUX.

PÉZOPHILE

OU

LE JOUEUR

(Paezophilus sive Aleator)

COMÉDIE EN TROIS ACTES,

DU PÈRE PORÉE,

DE LA SOCIÉTÉ DE JÉSUS.

NOTICE SUR LE JOUEUR.

Les Jésuites ont un théâtre immense : tragédies, comédies, pièces satiriques dans le genre d'Aristophane [1], Ils se sont essayés dans tous les genres, en latin et en français. Le latin cependant est leur langue de prédilection ; c'est en latin qu'a écrit le père Porée.

Voltaire, déjà vieux, disait que si on pouvait assister aux leçons d'hommes aussi aimables et aussi ingénieux que le père Porée, il irait, tout vieux qu'il était, s'asseoir quelquefois encore sur les bancs. Ce n'est pas le seul hommage que Voltaire ait rendu au père Porée, son ancien professeur ; il n'a pas dédaigné dans son *Brutus* d'emprunter au *Brutus* du père Porée quelques traits sublimes. C'était, j'imagine, de la part de l'élève une manière d'attester sa reconnaissance et son attachement pour son ancien maître.

Les comédies du père Porée sont moins connues que ses tragédies. J'ai cru même pendant long-temps, sur le titre de ces pièces faites pour le collége, que c'étaient quelques-unes de ces froides imitations de Plaute et de Térence, comme il y en a beaucoup dans le théâtre des Jésuites, plutôt des exercices de style que des drames. En lisant les comédies de Porée, j'ai été étonné d'y trouver plus de génie comique que dans son élève Voltaire. Le génie comique est un de ceux qui ont manqué à Voltaire. Je regarde le père Porée aujourd'hui comme un de nos meilleurs auteurs comiques, et cela sans paradoxe. Sans doute sa plaisanterie a moins de verve et d'abandon que celle de Dancourt ; son dialogue est moins vivant et moins familier que celui de Picard. Il faut se souvenir de son auditoire ; ses pièces étaient faites pour le collége, écrites en latin, jouées par des élèves. Il n'oublie jamais la réserve de son état ; mais, en dépit de ces entraves, sa plaisanterie est fine et mordante, sa gaîté est franche, naturelle et toujours de bon goût, digne vraiment de la gaîté des enfants qui lui servaient d'acteurs, de cette gaîté du jeune âge, où il n'y a encore ni cynisme, ni mauvais ton, ni grossièreté.

Le père Porée avait un goût singulier et un instinct naturel pour la comédie. Son plaisir était d'apprendre à ses élèves à la jouer ; il avait donc aussi le talent de la mise en scène, ce qui fait aujourd'hui, à tort ou à raison, une grande partie de l'art dramatique. Le jésuite éditeur de ses comédies explique dans une préface latine les soins que se donnait le père Porée à cet égard et les succès qu'il obtenait. Ses acteurs avaient sur le théâtre l'aisance de jeunes gens de

(1) Voir *la Femme docteur*, du père Bougeant, que nous publierons dans le *Théâtre Européen*.

bonne famille, sans rien avoir de la hardiesse des acteurs de profession; leur jeu répondait à la situation sans jamais l'exagérer; leurs gestes n'avaient ni emphase, ni négligence, ni mollesse; leur contenance, leur port, leur démarche, le mouvement de leur tête, de leurs bras, de leurs doigts même avaient une grace naturelle, éloignée de l'art, mais noble et digne, et qui charmait l'assemblée la plus distinguée. Il les exerçait avec soin aux différents tons de la conversation, à baisser, à élever, à tendre, à relâcher la voix, afin qu'ils eussent pour chaque scène l'accent juste et convenable. Quand on joue la comédie pour son plaisir et dans le monde, jamais le ton et le geste ne doivent aller jusqu'où vont les acteurs de théâtre; les acteurs du père Porée savaient trouver ce point d'arrêt avec une mesure parfaite, mesure qu'ils tenaient des leçons de leur maître.

On connaît le *Joueur* de Regnard; on sait combien l'intrigue, sans être forte, a ce qu'il faut pour mettre en relief la passion du jeu. Le joueur est entre son amour pour le jeu et son amour pour Angélique; quand il a perdu, il est très amoureux; gagne-t-il, il oublie sa maîtresse. Cette situation est piquante et gaie. Le père Porée n'a pas pu mettre son joueur entre l'amour de sa maîtresse et l'amour du brelan; le théâtre des Jésuites n'admet point de femmes, et même, ce qu'il faut remarquer, c'est l'habileté avec laquelle ils ont su se passer de ce grand ressort dramatique. Pour remplacer l'amour, ils ont appelé à leur aide d'autres passions et des passions également douces et tendres, ne voulant pas renoncer à émouvoir et à toucher. Dans son *Brutus*, Porée a fait un admirable usage de l'amour fraternel. Dans Voltaire, c'est l'amour que Titus a pour la fille de Tarquin, amour qui paraît gauche et mal à l'aise au milieu de l'austérité républicaine du sujet, qui pousse Titus à trahir sa patrie. Dans Porée, c'est pour sauver son frère que Titus consent à devenir coupable, et c'est de là que naît le pathétique du drame. Dans son *Joueur*, Porée a pensé que le pathétique aussi devait avoir sa place. Le *Joueur* de Regnard est toujours comique; mais quand nous le lisons il nous vient quelquefois à l'esprit que dans un drame fondé sur la passion du jeu, il devrait y avoir quelque mot de douleur et d'effroi. Le père Porée a su dans sa comédie faire la part à l'élément tragique, et il l'a faite avec discrétion. Rien de romanesque, rien d'inattendu, rien qui sente les coups de théâtre. Après nous avoir montré le joueur, tantôt ravi de joie, tantôt désespéré, selon les chances du jeu; après nous avoir fait rire à ses dépens, il amène près de ce joueur en train de se ruiner un joueur déjà ruiné.

L'idée de cette scène est simple et naturelle. Pézophile, le joueur, a reçu de son oncle de l'argent pour acheter un régiment; Atychès vient lui offrir son fils, jeune homme de la plus haute espérance, du plus heureux caractère; quoique d'une famille noble, il veut l'engager comme simple soldat. La conversation s'établit entre Atychès et Pézophile. « Pourquoi voulez-vous qu'il soit simple soldat? — J'ai éprouvé des malheurs. — Lesquels? » Peu à peu la confiance arrive, et enfin, avec une progression admirablement suivie, Atychès laisse tomber ces mots : « J'ai été ruiné par le jeu. » Toute cette scène est grande et belle, et donne à la pièce une intention morale qui n'est pas assez marquée dans le *Joueur* de Regnard.

Si les pièces du père Porée n'étaient que des leçons de morale et des comédies d'éducation, elles ne mériteraient pas d'être connues hors du collége; mais il y a dans toutes ses comédies des traits d'un vrai génie comique. Je citerai la scène où Pézophile, ayant perdu tout son argent, s'indigne que son valet ait osé jouer ses gages et les ait perdus. « Aller jouer cent écus! — Je suis coupable, je l'avoue, répond Parménon; mais que voulez-vous, monsieur, c'est la force de l'exemple. — Malheureux que je suis! s'écrie alors Pézophile, avec ces cent écus je pouvais rattraper la fortune. Tu es un misérable; tu nous a perdus tous deux! »

Ce joueur qui, s'il avait cent écus, rattraperait la fortune, et qui maudit son valet d'avoir joué ses cent écus, son dernier espoir, n'est-ce pas là un caractère pris sur le fait? n'est-ce pas là Molière ou la nature elle-même?

SAINT-MARC GIRARDIN. [1]

(1) *Note des éditeurs.* Nous aimons à répéter ici que c'est à M. Saint-Marc Girardin que nous devons l'idée de faire insérer dans le *Théâtre européen* les œuvres dramatiques du père Porée, *cet esprit ingénieux et facile*, dont le talent a quelque chose de si naturel et de si mondain à travers toutes ses réminiscences scolastiques. Nous espérons faire connaître aussi, toujours sous les mêmes auspices, le père Porée comme auteur tragique, par la traduction de *Sephœbus*. La pièce du *Joueur* a été traduite par M. Gourmez.

LE JOUEUR

COMÉDIE.

PERSONNAGES.

PÉZOPHILE, joueur.
CHRYSORE, oncle paternel de Pézophile.
CLÉOBULE, parent et ami de Pézophile.
PARMÉNON, valet de Pézophile.
ATYCHÈS, homme noble, autrefois ruiné par le jeu.
PHILOCLÈS, fils d'Atychès.
GRYTARIOPOLE, marchand de curiosités.
ASTRAGALE, joueur.
MÉGACHRISE, bourgeois opulent.
ACESTES, fripier.
PSEUDOLE, valet d'Astragale.
ESCHROKERDES, usurier et créancier de Pézophile.
AGRION, fermier.

La scène se passe chez Chrysore.

PROLOGUE.

Un grand nombre de jeux variés furent inventés autrefois pour délasser l'esprit, et de justes louanges ont récompensé les inventeurs; car le travail épuiserait l'intelligence s'il n'était interrompu par une agréable diversion. C'est ainsi que la terre, après avoir revêtu les prairies de fleurs, les champs de riches moissons, les bois d'une verte parure et épanché de son sein des trésors variés, se repose enfin elle-même, et, suspendant ses travaux, se prépare par une douce inaction à un nouvel enfantement. Mais le jeu accordé aux esprits pour les distraire cesse d'être un jeu par l'abus coupable que nous en faisons. Le jeu est devenu une fureur [1]. On ne donne plus au jeu une petite portion de la journée; ce sont les jours entiers et les nuits entières qu'on lui consacre. Jadis on confiait aux chances de la fortune une valeur minime; le vainqueur ne cherchait pas le profit, mais la récompense de son adresse et le vaincu perdait sans regret. Maintenant une table perfide se couvre de richesses immenses qu'y jette une main prodigue, poussée par l'amour du gain. On porte au jeu son coffre-fort. Ce sont les destinées des familles qu'on agite dans un cornet plus fatal que l'urne de Minos, et un seul coup de dé renverse une maison de fond en comble. Nous allons montrer dans l'histoire d'un malheureux jeune homme un grand exemple de cette passion funeste. Cet exemple, l'âge mûr aussi bien que la vieillesse pouvait nous le fournir. Tous les âges se livrent à ces périlleux hasards, mais les malheurs d'un jeune homme instruiront mieux la jeunesse de ses dangers. Vous tous, hommes d'un âge mûr ou vieillards, pour qui les jeux chastes et sévères ont des charmes, soyez favorables à une récréation chaste et sévère.

(1) Non, à présent le jeu n'est que fureur :
On joue argent, bijoux, maisons, contrats, honneur.

REGNARD.

Ce passage rappelle la belle sortie de Juvénal contre le jeu :

Alea quando
Hos animos? neque enim loculis comitantibus itur
Ad casum tabulæ, posita sed luditur arca.
Prœlia quanta illic dispensatore videbis
Armigero! simplex ne furor sestercia centum
Perdere; et horrenti tunicam non reddere servo?

ACTE PREMIER.

SCÈNE I.

PÉZOPHILE, *assis à une table chargée de dés, de cornets, etc.*

En vain j'invoque le sommeil, il n'y en a plus pour le joueur ruiné... Malheureux que je suis! perdre tant d'argent dans une seule nuit! O fortune perfide! ô jeu fatal! (*Il saisit les dés et les regarde d'un œil égaré.*) Mais qu'ont-ils donc ces dés pour tourner toujours contre moi quand c'est moi qui les jette. Soyez maudits, dés perfides! (*Il jette loin de lui les dés.*) Maudit soit celui qui le premier vous inventa pour la perte des hommes!

SCÈNE II.

PÉZOPHILE, PARMÉNON.

PARMÉNON.

Que faites-vous là, mon cher maître?

PÉZOPHILE.

Cornet perfide!

PARMÉNON.

Pourquoi toucher encore ces armes assassines?

PÉZOPHILE.

Que me veux-tu, coquin?

PARMÉNON, *à part.*

Salutation de bon augure. (*à son maître.*) Ce que je vous veux? beaucoup de bien comme à moi-même... Je voudrais que vous prissiez du repos et moi aussi.

PÉZOPHILE.

Retire-toi et va te coucher.

PARMÉNON.

Hélas! puis-je fermer l'œil, mon maître, quand vous ne prenez pas le moindre repos, quand vous vous tuez en vous privant de sommeil?

PÉZOPHILE.

Quelle heure est-il?

PARMÉNON.

Regardez à votre montre.

PÉZOPHILE.

Que dis-tu, pendard?

PARMÉNON.

Pardon, monsieur, j'avais oublié qu'hier... étant au jeu...

PÉZOPHILE.

Mais je t'en ferai souvenir, mauvais plaisant!

PARMÉNON.

Vous demandez quelle heure il est; il faut interroger le soleil. (*Il regarde le soleil.*) Depuis le lever du soleil et le coucher de votre fortune il peut être la seconde ou la troisième heure.

PÉZOPHILE.

Bien. Personne n'est-il venu depuis que j'attends ici le sommeil?

PARMÉNON.

Il est venu un Mi... Mi... Misargides, un je ne sais qui; il se disait mandé par vous.

PÉZOPHILE.

Je n'ai pas mandé cet homme et je ne le connais pas.

PARMÉNON.

Il a dit qu'il reviendrait.

PÉZOPHILE.

Qu'il revienne; pour toi, va-t-en; laisse-moi.

PARMÉNON, *le regardant.*

Mon maître!

PÉZOPHILE.

Hélas! je ne puis dormir et la veille m'est insupportable.

PARMÉNON.

Mon maître, que ne pouvez-vous vous regarder dans le miroir qui n'est plus là; que vous seriez triste de vous voir! A peine vous reconnaîtriez-vous avec ces joues creuses et ces yeux livides.

PÉZOPHILE.

Encore ici!

PARMÉNON.

Que je meure si vous n'êtes aussi effrayant et aussi pâle que cet homme attaché par les pieds à un char et traîné, la tête renversée, autour des murs d'une ville, sur cette tapisserie flamande qui décorait les murs de cette chambre à coucher avant que...

PÉZOPHILE.

Mais tu veux faire le plaisant, je crois, fou que tu es.

PARMÉNON.

Voyez la maigreur où m'a réduit mon service, monsieur, et jugez vous-même si j'ai envie de rire...

PÉZOPHILE, *le menaçant des yeux et du geste.*

Si tu ne te sauves au plus vite, je te...

PARMÉNON.

Où voulez-vous que j'aille?

PÉZOPHILE.

Va te faire pendre.

PARMÉNON.

Aller me faire pendre? Plus tard peut-être, maintenant je vais me coucher, puisque vous n'écoutez pas mes avis; je ronflerai pendant que vous veillez.

PÉZOPHILE.

Malheureux! mille tourments me dévorent. Que faire? quel parti prendre? — Holà! Parménon.

PARMÉNON, *sur l'arrière-scène.*

Pourquoi me rappelez-vous?

PÉZOPHILE.

Viens ici.

PARMÉNON.

Me voilà.

PÉZOPHILE.

Joue avec moi.

PARMÉNON.

Jouer avec vous? le valet avec son maître!

PÉZOPHILE.

Je le veux; je l'ordonne.

PARMÉNON.

Que ne jouez-vous avec vous-même.

PÉZOPHILE.

Avec moi?

PARMÉNON.

Eh! oui, avec vous, la main droite contre la main gauche.

PÉZOPHILE.

Approche, te dis-je.

PARMÉNON *approche timidement sa chaise et s'assied par respect loin de la table et de côté.*

Quels seront les enjeux?

PÉZOPHILE.

Dépose ce que tu as.

PARMÉNON.

J'ai tout ce que vous m'avez donné... c'est-à-dire rien.

PÉZOPHILE.

Je te dois des gages, jouons-les.

PARMÉNON.

Hélas! mes gages sont déjà joués et perdus, sans que j'aie touché un cornet; ainsi...

PÉZOPHILE.

Allons, prends les dés et jette-les.

PARMÉNON.

Dois-je jouer le premier?

PÉZOPHILE.

Obéis.

PARMÉNON.

J'obéis; d'ailleurs je ne risque rien. (*Il jette les dés, et compte seize.*) Seize! faites mieux, si vous pouvez.

PÉZOPHILE *jette à son tour les dés et compte dix-huit.*

Eh, regarde! compte.

PARMÉNON.

Trois fois six. Bravo, mon maître à vous la partie. Ramassez!

PÉZOPHILE.

Comme la fortune insolente se joue de moi! parce qu'il n'y a rien à gagner, la perfide commence ses caresses. (*à Parménon.*) Enlève cette table.

(*Pézophile se lève.*)

PARMÉNON *écartant la table.*

Oh! si les dés vous avaient été aussi favorables la nuit dernière, que votre sort, comme le mien, serait différent! Vous auriez de quoi acheter une compagnie de cavalerie et un équipement de guerre; je vous aurais suivi dans les camps; là nous nous serions distingués tous les deux. A vous les vivants, à moi les morts, dont j'aurais enlevé les glorieuses dépouilles. Je me sens né pour les exploits militaires!

PÉZOPHILE.

Infortuné! que dira mon oncle? Eh! qu'importe ce qu'il dira; mais que va-t-il penser? Quelle surprise, quelle douleur, quand il apprendra qu'un argent emprunté sans son autorisation est déjà joué et perdu!

PARMÉNON, *s'approchant de la porte.*

Monsieur, j'entends la voix de votre oncle; il approche avec Cléobule. Voilà le moment de montrer du courage.

PÉZOPHILE.

Je n'oserais soutenir sa présence.

PARMÉNON.

Où courez-vous?

PÉZOPHILE.

Je me cache dans ce cabinet; demeure ici en sentinelle et empêche que personne n'entre.

PARMÉNON.

Cela va sans dire; vous prenez le rôle du chef et vous me laissez l'emploi et les périls du soldat; c'est la coutume. Mais si votre oncle vient à parler de l'argent emprunté, de la compagnie de cavalerie, que répondrai-je?

PÉZOPHILE.

Ce que tu voudras.

PARMÉNON.

L'ennemi approche; la peur me gagne; car ce ne sont pas là des ennemis morts à dépouiller. Dissimulons notre peur par un sommeil de commande et veillons en dormant.

(*Il s'assied et balance la tête comme s'il dormait.*)

SCÈNE III.

CHRYSORE, CLÉOBULE, PARMÉNON.

CHRYSORE.

Voilà le valet de Pézophile, ce garnement

de Parménon; interrogeons-le. Dis-moi, drôle...

PARMÉNON *renversé et étendant les bras comme un homme à demi assoupi.*

Qui... quoi... je vous prie... là, là... parlons bas.

CHRYSORE, *enflant la voix.*

Et pourquoi parler bas, quand les clameurs sont de saison?

PARMÉNON.

Baissez la voix, de grace, n'interrompez pas le sommeil d'un infortuné valet.

CHRYSORE.

Grand dommage, en vérité! Où est ton maître? où a-t-il joué? (*Il secoue Parmenon pour le réveiller.*) Où a-t-il passé la nuit?

PARMÉNON.

C'est là qu'il fait sa nuit de jour; c'est là qu'il est couché, c'est là qu'il dort.

CHRYSORE.

Il dort, quand il devrait être depuis longtemps éveillé! A quelle heure est-il rentré?

PARMÉNON.

Oh! de bonne heure; car à peine le jour commençait à poindre.

CHRYSORE.

De bonne heure! Ne rentrer qu'avec le jour!

PARMÉNON.

Bien loin d'imiter certaines personnes de la cour, qui marient le jour et la nuit dans leur sommeil, il est beaucoup plus matinal que les plaideurs eux-mêmes.

CHRYSORE.

Vous voyez, Cléobule, le bel amendement dont vous parliez; il passe les nuits dehors, il...

CLÉOBULE.

On rencontre des compagnies dont on ne se dégage pas aisément.

PARMÉNON *à part.*

Nous en rencontrons tous les jours.

CHRYSORE.

Dites qu'il s'est tellement embarrassé dans les filets d'une passion maudite qu'il ne peut ou ne veut plus s'en arracher. Mais, réponds-moi, Parménon. Tu étais hier avec Pézophile lorsqu'il a emprunté de l'argent à Géronte?

PARMÉNON.

J'étais présent de ma personne.

CHRYSORE.

Pourquoi demandait-il cet argent?

PARMÉNON.

C'est vous qui le demandez! comme si vous ne le saviez pas?

CHRYSORE.

Tu n'as pas tort; je ne le sais que trop. Il empruntait pour jouer.

PARMÉNON.

N'allez pas soupçonner ce qui n'est jamais entré dans sa pensée.

CHRYSORE.

Pourquoi donc empruntait-il cet argent?

PARMÉNON.

Pour acheter une compagnie de cavalerie, comme vous l'aviez ordonné.

CHRYSORE.

Comme je l'avais ordonné? Mais je n'avais pas ordonné qu'il empruntât. Il l'a donc achetée, cette compagnie?

PARMÉNON, *d'un air inquiet et embarrassé.*

Eh! eh! le marché n'est pas encore complètement terminé.

CHRYSORE.

Quand le sera-t-il?

PARMÉNON.

Eh!... ma foi... on ne peut trop fixer précisément...

CHRYSORE.

Pourquoi?

PARMÉNON, *prenant un air piteux.*

Parce qu'il nous est arrivé une grande infortune.

CHRYSORE.

Aurait-il déjà joué cet argent? Parle, malheureux, dis, parle, explique-toi.

PARMÉNON.

Ne criez pas, je vous en prie, n'allez pas encore rompre son sommeil comme vous avez rompu le mien.

CHRYSORE.

Je ne sais ce qui me retient d'entrer dans ce cabinet...

PARMÉNON.

Mon Dieu! mon Dieu! je vous en prie, apaisez-vous.

CLÉOBULE.

Donnez à Parmenon le temps de s'expliquer.

CHRYSORE.

Je suis sûr qu'il a joué mon argent, ne pouvant plus jouer le sien.

PARMÉNON.

Vous parlez de jeu. Ah! ce n'était pas un jeu, sur ma foi! mais une lutte bien terrible.

CLÉOBULE.

Achève ton récit.

PARMÉNON.

Nous nous rendions avec impatience chez le capitaine de la compagnie à vendre, et nous avions avec nous notre argent, pour payer comptant, quand nous tombâmes dans une embuscade de voleurs.

CHRYSORE.

De joueurs, veux-tu dire?

PARMÉNON.

De voleurs, de vrais brigands. Ils s'adressent poliment d'abord à mon maître, puis bientôt l'environnent d'une forêt d'épées. Il résiste autant qu'il était possible; son bras fait flamboyer sa lame, ses yeux lancent des éclairs, sa voix tonne; il épouvante le ciel même; ce qui peut vous faire voir quel héros vous avez pour neveu et quel guerrier il promet à la patrie, (*à part.*) si jamais il fait la guerre. Que dirais-je encore! la valeur cède au nombre; il est vaincu, dépouillé de tout son argent. Cependant, grace à mon secours, échappé du combat, il rentre chez lui avec son pourpoint, et sain et sauf.

CHRYSORE.

Misérable jeune homme!

CLÉOBULE.

Son sort est sans doute à plaindre.

CHRYSORE.

Dites que sa faute mérite tous les châtiments.

CLÉOBULE.

Pour être tombé dans une embuscade? Mais ce n'est pas sa faute, c'est celle du hasard.

CHRYSORE.

Oserez-vous donc le défendre? Ne comprenez-vous pas ce que nous raconte Parménon?

PARMÉNON.

Je n'ai rien raconté qui ne soit l'exacte vérité; nous sommes tombés au milieu des voleurs, nous avons été volés.

CLÉOBULE.

Mais cela peut arriver à tout le monde, à moi comme à vous.

PARMÉNON, *à part.*

Non pas à moi, car...

CHRYSORE.

Cessez, Cléobule, d'excuser l'action la plus infâme; ni votre parenté, ni votre amitié pour lui ne vous y obligent.

CLÉOBULE.

Loin de moi d'excuser ce qu'il a pu faire de blâmable; mais puis-je l'accuser des malheurs du hasard et de la fortune?

PARMÉNON.

Vous parlez à merveille, car c'est par le seul crime de la fortune que mon maître est malheureux.

CHRYSORE. *Il s'assied avec Cléobule à sa droite.*

Père infortuné! oncle déplorable! J'étais père, j'avais un fils unique, mon unique amour; il fréquenta des compagnies pernicieuses. En vain je le rappelai auprès de moi, l'attrait du plaisir l'emporta; après avoir énervé son ame et son corps, il mourut bientôt, enfant par l'âge, vieillard par ses vices. O mon fils! pardonne à de justes larmes... Après sa perte prématurée, le fils d'un frère que j'avais perdu hérita de toute mon affection; je vis en lui un second fils; je l'élevais comme un fils, je l'aimais, je le chérissais.

CLÉOBULE, *s'appuyant sur le fauteuil de Chrysore.*

Et il était bien digne d'être aimé, par son intelligence précoce, son bon naturel, ses penchants, sa modestie, son amabilité, sa douceur.

CHRYSORE.

Oui, il était digne d'être aimé, il l'était.

CLÉOBULE.

Et il l'est encore.

CHRYSORE.

Il l'était, Cléobule. Tous les dons de la nature que vous venez de rappeler, la seule passion du jeu les a corrompus; la seule passion du jeu a changé sa douceur en irascibilité, sa gaîté en misanthropie, sa générosité en sordide avarice.

PARMÉNON, *à part.*

C'est lui trait pour trait.

CHRYSORE.

Du jour où le démon du jeu s'empara de lui, il a négligé tous ses devoirs de société, d'amitié, d'humanité même!

CLÉOBULE.

Il vous aime, il vous révère; j'en suis sûr, croyez-moi.

CHRYSORE.

Je crois aux faits. M'aime-t-il celui qui, depuis le jour de sa majorité, a méprisé mes conseils, mes prières, mes menaces; celui qui jour et nuit erre dans les antres du jeu; que je ne reverrais pas sous mon toit si le jeu n'épuisait sa bourse; celui qui tous les jours me tourmente, m'inquiète, m'agite des plus cruels soucis; qui, tout à l'heure encore, après avoir emprunté de l'argent en mon nom, l'a jeté...

PARMÉNON.

Mais je n'ai jamais dit qu'il eût...

CHRYSORE, *se levant et menaçant de la main Parménon.*

Oses-tu le nier, artisan de mensonges!

SCÈNE IV.

PÉZOPHILE, CHRYSORE, CLÉOBULE PARMÉNON.

PÉZOPHILE, *sortant du cabinet et se précipitant aux pieds de son oncle.*

Il nierait en vain ce que je confesse tout haut; vous voyez à vos pieds un coupable qui avoue sa faute.

CHRYSORE.

Eh! tu ne dis rien, Parmenon?

PARMENON.

Rien, je ne...

PÉZOPHILE.

T'ai-je ordonné, traître, de forger des mensonges?

PARMÉNON, *à part, en se relevant.*

Je veux être pendu si tu me rattrapes à mentir pour toi!

SCÈNE V.

PÉZOPHILE, CHRYSORE, CLÉOBULE.

PÉZOPHILE.

Je ne viens pas m'excuser par de vaines paroles; que votre seule clémence plaide ma cause auprès de vous, ô le meilleur des oncles! je ne demande pas grace; vous me voyez à vos pieds; punissez, châtiez un coupable.

CLÉOBULE.

Laissez-vous émouvoir par un aveu si sincère.

CHRYSORE.

Lève-toi. Un jour peut-être te punirai-je et en proportion de tes mérites; pour aujourd'hui, si tu reconnais toute l'étendue de ta faute, je n'exige pas d'autre châtiment. Parle; pourquoi emprunter de l'argent à mon ami Géronte, homme sans défiance et trop crédule?

PÉZOPHILE.

La cause de cet emprunt était légitime. Je devais acheter une compagnie de cavalerie, cela ne pouvait se faire sans argent comptant; je n'en avais pas et vous m'en refusiez.

CHRYSORE.

Sans doute, il fallait te confier de l'argent, à toi qui, si tu pouvais devenir marchandise, te serais déjà mis à prix et joué toi-même. Mais une autre question. Pourquoi l'argent emprunté pour acheter une compagnie a-t-il été dépensé d'une autre manière?

PÉZOPHILE.

Le hasard m'a fait rencontrer des joueurs; j'ai suivi ma destinée; et je me suis perdu.

CHRYSORE.

Ta destinée! dis ton mauvais génie, ta passion honteuse. Mais ne disais-tu pas que désormais tu détestais le jeu?

PÉZOPHILE.

Je le disais et je le croyais... Maintenant je le crois encore... Oui, je le sens... oui, vraiment, j'abhorre le jeu[1].

CHRYSORE.

Tu l'abhorres! Le crois-tu? le sens-tu bien?

PÉZOPHILE.

Comme je sens que j'existe; et pour vous en convaincre aussi, j'obéis à vos ordres, je fuis à l'instant loin de la compagnie des joueurs, j'embrasse la carrière militaire que vous me conseillez; et, puisque dans ma démence j'ai perdu l'argent que j'avais emprunté en votre nom, au lieu d'officier je deviens soldat, je m'enrôle dans les derniers rangs de la milice, et je me punis ainsi moi-même.

CLÉOBULE.

Vous voyez son repentir.

CHRYSORE.

Beau repentir, d'attendre pour haïr le vice qu'on ne puisse plus s'y livrer[2]!

CLÉOBULE.

Quelquefois un heureux malheur nous corrige.

CHRYSORE.

Un repentir tardif est rarement sincère.

PÉZOPHILE.

Mon repentir est tardif, mais ne doutez pas de sa sincérité.

CHRYSORE.

Tu ne te livreras plus à la fureur du jeu?

PÉZOPHILE.

Jamais! jamais!

CHRYSORE.

Malgré toutes tes fautes passées, si je pouvais croire que cette résolution fût bien fixée dans ton cœur...

PÉZOPHILE.

Oh! croyez-moi; je suis prêt à l'affirmer par serment.

CHRYSORE.

Non, ne jure pas.

PÉZOPHILE.

Voulez-vous que j'en prenne à témoin tout ce que le ciel a de sacré.

(*Il étend la main, Chrysore l'arrête.*)

CHRYSORE.

Arrête! tu n'as que trop outragé le ciel; trop de parjures ont dévoué ta tête coupable.

PÉZOPHILE.

Eh bien! par votre amour pour moi, et rien ne m'est plus sacré sur la terre, je promets, je m'engage, je jure...

(1) Je reviens aujourd'hui de mon égarement
Et ne veux plus jouer, mon père, absolument.
REGNARD.

(2) Quand ils n'ont pas un sou, voilà de leur morale.
REGNARD.

CHRYSORE, *arrêtant pour la seconde fois la main de Pézophile.*

Arrête donc, te dis-je! Pourquoi te lier par des serments que tu violeras bientôt?

PÉZOPHILE.

Si je les viole, si je manque à la foi que je vous donne, ordonnez de moi tout ce que vous voudrez; bannissez-moi de votre maison, châtiez-moi, reniez-moi; et pour exprimer d'un mot tous les supplices, cessez de m'aimer.

CHRYSORE.

Considère bien, Pézophile, la loi que tu t'imposes.

PÉZOPHILE.

Je l'ai considérée.

CHRYSORE.

Si tu la violes, je ne la violerai pas.

PÉZOPHILE.

Si je pouvais la violer, loin d'attendre votre pardon, je ne me pardonnerais pas à moi-même.

CHRYSORE.

J'accepte tes conditions, et pour que tu renonces au jeu je te placerai dans l'armée avec un rang convenable.

PÉZOPHILE.

Tous les rangs sont assez bons pour moi.

CHRYSORE.

J'ai vu le ministre de la guerre et le colonel; je vais trouver de ce pas le capitaine; je conclurai le marché avec lui et je le paierai de mes propres deniers.

PÉZOPHILE.

O mon oncle! pouvez-vous être assez clément, assez bon, assez libéral, assez prodigue, pour...

CHRYSORE.

Si je puis te racheter de l'esclavage d'une passion honteuse, je ne croirai jamais avoir payé trop cher ta rançon.

PÉZOPHILE.

O mon oncle! comment m'acquitter de vos bienfaits?

CHRYSORE.

Par le bon usage que tu en feras; c'est là le seul gage de reconnaissance que j'exige de toi.

PÉZOPHILE.

O mon oncle! comment pourrais-je ne pas vous aimer?

SCÈNE VI.

CLÉOBULE, PÉZOPHILE.

CLÉOBULE.

Quelle conversion subite, Pézophile!

PÉZOPHILE.

Elle t'étonne, Cléobule?

CLÉOBULE.

Je l'avouerai.

PÉZOPHILE.

J'en suis étonné moi-même. Mais que de choses ont besoin d'être faites pour que l'on croie à leur possibilité!

CLÉOBULE.

Qu'il y a long-temps que je désirais te voir délivré de cette maladie presque incurable! combien je me réjouis de ta guérison! Ton salut te coûte cher, il est vrai; mais si tu as recouvré la santé, ce n'est pas trop la payer.

PÉZOPHILE.

Oh! je suis guéri; et bien plus, de malade je deviens médecin. Si tu vois jamais quelque autre malheureux entraîné par la passion du jeu, amène-le-moi, et mes conseils salutaires te le renverront guéri.

CLÉOBULE.

Dieu m'en garde! et si je voyais quelqu'un atteint de la même contagion, je m'empresserais de l'éloigner de toi.

PÉZOPHILE.

Pourquoi donc?

CLÉOBULE.

Parce que celui qui veut guérir les maladies de l'ame exerce un art périlleux lorsqu'il a lui-même goûté la perfide douceur de leur poison. Si la moindre communication avec des pestiférés est fatale, c'est surtout à ceux sur qui la peste avait déjà soufflé.

PÉZOPHILE.

Erreur, Cléobule, erreur; le poison perd ses forces sur celui qui y est habitué. Tu vois en moi un nouveau Mithridate.

CLÉOBULE.

Évite cependant les poisons, et, comme les convalescents, choisis une nourriture à la fois agréable au goût et fortifiante. Livre-toi à quelques distractions qui puissent t'occuper en attendant les travaux des camps.

PÉZOPHILE.

Et à quoi veux-tu que je m'amuse?

CLÉOBULE.

Nous irons entendre des concerts, nous verrons des sociétés particulières; nous y trouverons des amis, les uns chanteurs, d'autres musiciens.

PÉZOPHILE.

Ne m'en parle pas; les symphonies me déplaisent; mon oreille ne peut se faire à ce tintamarre de voix et d'instruments qui crient à la fois sur tous les tons, à ce choc de notes tantôt lentes, tantôt précipitées, qui souvent se rencontrent, se mêlent, se heurtent au hasard.

CLÉOBULE.

La musique plaît cependant à beaucoup de gens.

PÉZOPHILE.

Elle ne me plaît pas.

CLÉOBULE.

Veux-tu fréquenter les cercles et les réunions du beau monde?

PÉZOPHILE.

Ne me parle pas de ces assemblées insipides où des oisifs viennent échanger leurs inepties, de ces réunions qui font mourir d'ennui et bâiller à se démettre les mâchoires. Conseille un pareil délassement à nos petites maîtresses et à nos marquis, mais jamais à des hommes...

CLÉOBULE.

Bien des hommes de mérite trouvent un charme aux délassements que je te conseille. Aimes-tu mieux te promener à cheval, visiter les campagnes élégantes, gagner de l'appétit par des excursions et le satisfaire par un repas peu recherché, mais d'autant plus agréable qu'il est pris dehors, par hasard, enlevé en quelque sorte à la pointe de l'épée?

PÉZOPHILE.

Et pourquoi chercher hors de la ville des édifices élégants quand la ville m'en offre à chaque pas? pourquoi errer en quête d'un dîner quand je trouve la table mise chez moi? pourquoi courir après l'appétit, quand la nature m'en donne un excellent sans que je quitte mon fauteuil?

CLÉOBULE.

La chasse ne te plairait pas davantage?

PÉZOPHILE.

Me lever avant le soleil, battre les champs toute la journée, ruisseler de sueur, me couvrir de boue et de poussière, pour atteindre, moi bipède, une bête qui a quatre pattes? Eh! mon Dieu! si mon palais est si gourmand de gibier, j'en puis acheter avec mon argent sans me tuer de fatigue.

CLÉOBULE.

Pézophile!

PÉZOPHILE.

Eh bien?

CLÉOBULE.

Mon ami!

PÉZOPHILE.

Pourquoi me regardes-tu?

CLÉOBULE.

Regarde-moi.

PÉZOPHILE.

Je te regarde.

CLÉOBULE, *tâtant le pouls de Pézophile.*

Crois-moi, tu n'es pas encore bien guéri.

PÉZOPHILE.

Qui te le prouve?

CLÉOBULE.

L'estomac qui rejette tous les aliments est encore chargé d'humeurs vicieuses.

PÉZOPHILE.

Tu croirais donc que je n'ai pas encore abjuré l'amour du jeu?

CLÉOBULE.

Je le crois.

PÉZOPHILE.

Après tant de naufrages je pourrais m'exposer encore sur cette mer orageuse?

CLÉOBULE.

Je le crains.

PÉZOPHILE.

Ne crains rien, Cléobule. J'abhorre le jeu autant que je l'ai aimé; et pour te prouver cette haine, je veux écrire une satire contre les joueurs.

CLÉOBULE.

Pézophile écrire une satire contre les joueurs!...

PÉZOPHILE.

Oui, moi-même. N'ai-je pas connu tous leurs vices?

CLÉOBULE.

L'expérience a dû t'apprendre bien des choses.

PÉZOPHILE.

J'ai fait autrefois des vers qui n'étaient pas trop mal tournés.

CLÉOBULE.

Je le sais.

PÉZOPHILE.

D'ailleurs l'indignation est une Muse [1].

CLÉOBULE.

Bravo, mon ami, bravo; écris une satire; mais en décochant tes flèches contre les joueurs ne va pas te percer toi-même.

PÉZOPHILE.

Si le hasard fait que je me blesse, ces blessures feront mon salut.

SCÈNE VII.

PÉZOPHILE, *seul.*

Oui, l'idée me sourit, me sourit très fort. Je veux attaquer cette passion du jeu, qu'enfante l'avarice, qu'accompagne la fureur, souvent la fraude, et que la misère suit d'habitude. Je veux décrire les joueurs, leurs espérances décevantes, leurs terreurs trop vraies, leurs joies d'un instant, leurs douleurs éternelles. Je conduirai la Muse autour

(1) *Vel si natura negat, facit indignatio versum*, dit le texte. Citation de Juvénal, sat. I.

de leurs tables de jeu ; là elle observera les diverses armes des athlètes, leur visage, leurs regards, leurs frémissements, leurs clameurs, leurs rugissements, et ce silence profond, plus terrible que la fureur. Allons, mes tablettes, allons ; il y a long-temps que vous êtes inhabituées à la poésie ; (*Il tire un album d'un petit sac.*) vous allez recevoir les iambes d'Archiloque. Et toi, plume dorée, trempe-toi d'acier et aiguise ta pointe sanglante. Mais qui vient tout à coup m'interrompre ?

SCENE VIII.

PEZOPHILE, MISARGYRIDES.

MISARGYRIDES.

C'est la seconde fois que je viens aujourd'hui ; peut-on enfin vous parler ?

PÉZOPHILE.

Parlez.

MISARGYRIDES.

Recevez les salutations d'un allié de votre famille, de Misargyrides, autrefois l'intime ami de votre père.

PÉZOPHILE.

C'est avec grand plaisir que je reçois les salutations de Misargyrides, quoique je ne l'aie jusqu'à présent ni vu ni connu, même de nom.

MISARGYRIDES.

Vous ne me connaissez pas ? vous ne m'avez pas vu ? moi à qui vous avez parlé hier même ; moi à qui, dans votre désastre nocturne, vous avec demandé du secours ; là-bas... chez... hein... Ne vous rappelez-vous pas ?

PÉZOPHILE.

J'avais les yeux, comme l'esprit, tellement égarés que je ne savais trop ni à qui je parlais ni ce que je pouvais dire.

MISARGYRIDES.

J'ai été bien affligé et je le suis encore qu'avec cet air distingué, avec des mœurs si douces et si libérales, vous trouviez la fortune si contraire.

PÉZOPHILE.

C'est une preuve d'humanité que de prendre part aux infortunes d'autrui ; mais je suis plongé dans un abîme de calamités dont je ne puis soulever la tête. Je suis né sous une étoile avec qui la fortune est à jamais brouillée.

MISARGYRIDES.

Le sage domine les astres. Peut-être, abandonnant tout aux caprices de la fortune, ignorez-vous l'art de la fixer ?

PÉZOPHILE.

J'abandonne à la fortune ce qui est de la fortune, et je n'emploie pas l'art où l'art n'a que faire.

MISARGYRIDES

Mais il y a une certaine manière d'arranger les dés et de les jeter convenablement.... avec adresse... habileté... enfin, de[1]...

PÉZOPHILE.

D'escroquer, en un mot. Mais si je puis être trompé, je ne saurai tromper personne, et j'aime mieux me voir ruiné par la fourbe d'un adversaire que de triompher à ce prix.

MISARGYRIDES.

J'admire votre probité. La fortune devrait rougir de vous avoir persécuté. Il est impossible qu'une si grande vertu ne finisse pas par être heureuse.

PÉZOPHILE.

Si j'avais pu être heureux je l'aurais déjà été ; mais il n'y a point de vertu qui triomphe de l'opiniâtreté de la fortune.

MISARGYRIDES.

On en triomphe par la constance. J'en ai connu beaucoup qu'après avoir long-temps accablés de misères, elle a fini par regarder, et sa faveur, contre toute espérance, du fond de l'abîme les a portés au haut de sa roue.

PÉZOPHILE.

Vous en avez vu beaucoup ?

MISARGYRIDES.

Un très grand nombre, et si je suis destiné à vivre, j'espère en voir un plus grand nombre encore. Cela arrive tous les jours ; ce fut hier le tour d'un excellent jeune homme qui se confiait en moi.

PÉZOPHILE.

Oh ! si la fortune pouvait m'ajouter à ce nombre ! mais la perfide ne le saurait vouloir !

MISARGYRIDES.

Je m'aperçois que ma présence vous gêne et vous importune ; c'est pourquoi..

(*Il feint de s'en aller.*)

PÉZOPHILE.

Demeurez un instant. (*à part.*) Pourquoi ne tenterais-je pas encore une fois le sort, une seule fois ? car désormais je ne veux plus, je ne peux plus me livrer au jeu ; mais une fois, une seule fois, pour ne pas manquer à la fortune, si elle voulait venir à moi.

MISARGYRIDES.

Portez-vous bien, Pézophile.

PÉZOPHILE.

Demeurez, je vous en prie. (*à part.*) La for-

(1) Misargyrides offre ici des leçons d'escroquerie, comme dans Regnard M. Toutabas :

Gentilhomme auvergnac,
Docteur dans tous les jeux et maître de trictrac.

tune à qui un instant a suffi pour consommer ma ruine, peut en un instant me relever.

MISARGYRIDES.

Mes affaires m'appellent ailleurs, et je ne...

PÉZOPHILE.

Un instant encore. (*à part.*) Si la fortune me favorisait, je pourrais rentrer en possession des maisons et des terres que j'ai vendues à l'insu de mon oncle. Si je les recouvre je n'ai plus rien à craindre de sa colère. Alors je dis un éternel adieu au jeu et je dépose mes armes en vainqueur, comme il convient, et non pas en vaincu, ce qui est toujours pénible.

MISARGYRIDES.

Je vous souhaite un meilleur sort; adieu.

PÉZOPHILE.

Attendez donc, je vous en prie. Voulez-vous, pouvez-vous m'aider?

MISARGYRIDES.

Je le puis par le moyen de mes amis, et si vous le voulez, je le veux.

PÉZOPHILE.

Mais n'allez pas m'égorger en me secourant.

MISARGYRIDES.

Je vois assez que vous ne me connaissez pas. Je ne suis pas homme à faire mon profit des infortunes de mon prochain, et de votre côté vous ne méritez pas de souffrir de vos besoins... vous êtes par votre âge hors de tutelle, n'est-ce pas? Vous vous appartenez?

PÉZOPHILE.

Oui, (*à part.*) et à mes créanciers.

MISARGYRIDES.

Un majeur a droit à bien des égards... Vous êtes le plus proche héritier de Chrysore?

PÉZOPHILE.

Et son unique héritier.

MISARGYRIDES.

Ce sont là de grandes prétentions et qui vous méritent une grande estime. Ce Chrysore est riche?

PÉZOPHILE, *impatienté.*

Un Crésus!

MISARGYRIDES.

Il faut donc que nous vous traitions avec toute la clémence... Chrysore cependant a bonne mine; mais sa santé n'est, dit-on, rien moins que solide.

PÉZOPHILE.

Il a la poitrine faible et un mauvais estomac.

MISARGYRIDES.

J'en suis vraiment affligé, car c'est un homme de bien. Mon secours ne vous manquera jamais. Je désire seulement que vous réfléchissiez à la disette du numéraire.

PÉZOPHILE.

Eh! je ne la connais que trop.

MISARGYRIDES.

Les amis dont je m'engage à vous obtenir la protection ne sont pas du nombre des hommes avides de gain; mais ils aiment cependant à bien placer leurs bienfaits, à traiter avec des cœurs reconnaissants et avec *reconnaissance.*

PÉZOPHILE.

Pourquoi tous ces détours? Combien vends-tu l'argent?

MISARGYRIDES.

Vous me faites injure, et je ne....

PÉZOPHILE.

Je comprends ma faute, je me suis trompé d'un mot; je voulais dire combien tes amis vendent-ils l'argent? Eh bien! voyons, qui sont tes amis? où sont-ils?—Qu'on les voie.

MISARGYRIDES.

Gardez-vous de les croire de ces amis vulgaires qui se vantent tout haut de leurs bienfaits. Mes amis s'attachent surtout, lorsqu'ils font le bien, à le faire en cachette. Ainsi donc, si vous voulez qu'on vienne à votre secours, suivez-moi en silence et laissez-vous conduire.

SCÈNE IX.

PEZOPHILE, MISARGYRIDES, PARMÉNON.

PARMÉNON, *à part.*

Que peut vouloir à mon maître ce Mi... Mi... Misargyrides? Je soupçonne en lui quelque vieux renard d'usurier.

PÉZOPHILE, *après un moment de délibération.*

Il faut jeter les dés. Hâtons-nous.

PARMÉNON.

Mon maître?

PÉZOPHILE.

Que me veux-tu?

PARMÉNON.

Je vous ai préparé une potion... une potion excellente.

PÉZOPHILE.

Au diable ton poison!

PARMÉNON.

La potion est salutaire et vous remettra la tête.

PÉZOPHILE.

Et tu me la romps la tête avec ton bavardage.

PARMÉNON.

Me défendez-vous de vous suivre?

PÉZOPHILE.

Je te le défends.

PARMÉNON.

J'obéirai; rien n'est plus facile. Je siroterai la potion; rien n'est plus doux. J'humecterai mon estomac; rien n'est plus salubre. Et si le sommeil se glisse doucement dans mes veines, je ne lui disputerai pas mes yeux, et je me livrerai au repos tandis que mon maître va donner ses entrailles à dévorer à ce vautour apprivoisé.

ACTE DEUXIÈME.

SCÈNE I.

PÉZOPHILE, *seul.*

PÉZOPHILE. *Il entre sur le théâtre en secouant un sac qui fait entendre un son métallique.*

O bonne, ô aimable, ô adorable fortune! Holà! Parménon... Aucun de mes créanciers ne me suit, j'espère? Parménon!.. s'ils me savent en fonds, ils accourront tous... Parménon!

SCÈNE II.

PÉZOPHILE, PARMÉNON.

PARMÉNON, *réveillé en sursaut, répond de la coulisse.*

Qui m'appelle?

PÉZOPHILE.

Où te caches-tu, coquin?

PARMÉNON, *se frottant les yeux.*

Me voici.

PÉZOPHILE.

Fais sentinelle à la porte. Aie bien soin d'écarter quiconque te demandera de l'argent, m'entends-tu?

(Il le réveille en lui tirant les oreilles.)

PARMÉNON.

Ah! oui, j'entends et je sens. Je veillerai, et certes j'aime mieux veiller que d'être troublé dans mon sommeil par ces rêves affreux.

PÉZOPHILE.

Que dis-tu, benêt?

PARMÉNON.

Je dis que j'ai eu un rêve qui n'était rien moins qu'agréable, car je vous ai vu...

PÉZOPHILE.

Et parce que tu m'as vu ton rêve était désagréable, drôle?

PARMÉNON.

Parce que je vous voyais dans mon songe ruiné par le jeu, accablé de dettes, privé de tous vos biens, réduit à l'aumône.

PÉZOPHILE.

Rêves que tout cela, Parménon, rêves!

PARMÉNON.

Les rêves ne sont pas toujours trompeurs.

PÉZOPHILE.

Véritables rêves, te dis-je. Nous avons vaincu; la fortune a passé sous nos drapeaux... hem... entends-tu?

(Il secoue le sac qui rend un son métallique.)

PARMÉNON.

O son délicieux! que je l'entende encore. (*Il tend l'oreille.*) O symphonie ravissante! vos créanciers, je crois, l'ont entendue; ils sont attirés par la douceur du son. Je les vois qui se hâtent.

PÉZOPHILE.

Chasse-les tandis que je vais compter ici près l'argent que j'ai gagné.

PARMÉNON.

Je vais les chasser, mais vous me paierez tout à l'heure ce que vous me devez [1].

PÉZOPHILE.

Regarde la chose comme faite.

PARMÉNON.

Mais je veux qu'elle se fasse.

PÉZOPHILE.

Elle se fera.

PARMÉNON.

Je vais leur donner des paroles, vous me donnerez mon argent.

PÉZOPHILE.

Je te le donnerai.

PARMÉNON.

Comptez notre argent tranquillement. Je vais solder nos comptes à la manière des gens comme il faut.

(1) HECTOR.
Pour mettre quelque chose à l'abri des orages,
S'il vous plaisait du moins de me payer mes gages?
VALÈRE.
Quoi! je te dois?
HECTOR.
Depuis que je suis avec vous,
Je n'ai pas en cinq ans encor reçu cinq sous.
VALÈRE.
Mon père te paiera.
. . . .
VALÈRE.
J'entends venir quelqu'un.
HECTOR.
Je vois votre sellière;
Elle a flairé l'argent.
VALÈRE, *mettant promptement son argent dans sa poche.*
Il faut nous en défaire.
HECTOR.
Et monsieur Galonier, votre honnête tailleur.
VALÈRE.
Quel contre-temps!
REGNARD

SCÈNE III.

PARMÉNON, ACESTE, GRYTARIOPOLE, ESCHROKERDES.

ACESTE.

Pézophile est-il chez lui?

GRYTARIOPOLE.

Peut-on parler à Pézophile?

ESCHROKERDES.

J'ai quelque chose de très important à communiquer à Pézophile.

PARMÉNON.

Pézophile, Pézophile, Pézophile. Mais vous vous êtes donc tous donné le mot pour vous rencontrer ici?

ACESTE.

On dit que Pézophile se propose de joindre l'armée.

PARMÉNON.

Eh bien?

ACESTE.

Avant qu'il parte, j'ai voulu...

GRYTARIOPOLE.

Je voudrais...

ESCHROKERDES.

Je veux...

PARMÉNON.

Je sais ce que vous voulez. Pézophile lui-même désire vous satisfaire. Il m'a donné ce soin; je suis son trésorier. Mais, je vous en prie, ne venez pas ainsi tous à la fois; l'un après l'autre, chacun aura son tour.

ACESTE.

Je suis arrivé le premier, et mes affaires ne me permettent pas d'attendre.

PARMÉNON.

Ce que vous demandez, Aceste, est très juste et très équitable, vous êtes venu le premier, vous serez congédié le premier. Vous autres, attendez dehors un petit moment.

SCÈNE IV.

PARMÉNON, ACESTE.

PARMÉNON, *s'approchant du bureau de Pézophile et s'asseyant comme un commis de finances.*

Donnez-moi la facture, que nous repassions les articles : « Pour quatre aunes de drap blanc cendré, quatre-vingts livres tournois... Hum!... Item, pour sept aunes d'étoffe destinées à servir de doublure, quarante livres. Ah!... Item, pour broderie entremêlée d'or fin, cent vingt livres. Item... item... pour un autre habit de la façon la plus élégante...» La façon la plus élégante! c'est ainsi que vous autres marchands vous louez tout ce qui sort de vos boutiques.

ACESTE.

Certes, vous n'avez rien vu de plus élégant et de mieux tourné que cet habit.

PARMÉNON.

Il n'est pas tout-à-fait sans élégance, j'en conviens.

ACESTE.

A peine en trouverez-vous un pareil dans tout Paris; j'affirmerais même qu'il n'y a pas son second, mais j'en ai vu un tout semblable à vendre.

PARMÉNON.

Ah! vous en avez vu un second?

ACESTE.

Oui, j'en ai vu un second

PARMÉNON.

Tout semblable?

ACESTE.

Tout-à-fait semblable. Pézophile ne porte pas le sien, il a tort; car s'il le mettait, il ne manquerait pas d'attirer sur lui tous les yeux et d'éclipser tous nos jeunes gens à la mode.

PARMÉNON.

Il le réserve pour l'armée. C'est là qu'il faut étaler le luxe de la toilette; car le riche équipement fait les trois quarts de la vaillance. Autrefois nos guerriers étaient hérissés de fer, aujourd'hui ils étincellent d'or. Oui, nous avons vraiment des chefs précieux. « Item... item... item pour l'habillement de Parménon, soixante écus. » Comment, morbleu! pour cette casaque ou plutôt pour ce sac tu oses demander soixante écus?

ACESTE.

Comment peux-tu l'appeler un sac? serre-toi un peu. Regarde. (*Il drape le vêtement de Parménon.*) Comme il te prend bien la taille! il t'habille en perfection.

PARMÉNON.

La gloire n'en est pas à tes talents, mais à cette taille élégante, gracieuse, pleine de dignité.

(*Il marche avec l'affectation d'un petit maître.*)

ACESTE.

En effet, la tournure est élégante et dégagée; mais l'habit fait encore mieux ressortir la beauté des formes.

PARMÉNON.

Comme il accompagne mollement les contours du corps! Voyons, je ne veux pas te chercher noise, Aceste. En somme, la somme totale se monte donc à deux mille soixante-neuf livres, six sous, neuf deniers, argent de France. Aucune déduction?

ACESTE.

Pas un liard.

PARMÉNON.

Puisque le compte se trouve ainsi arrêté, nous ne retrancherons rien. (*Il écrit sur le dos d'une carte à jouer qui porte l'effigie d'un roi.*) On doit à Aceste deux mille soixante dix-neuf livres, six sous, neuf deniers, argent de France. Tu peux t'en aller.

ACESTE.

Quelle carte me donnes-tu là?

PARMÉNON.

Une carte royale et à l'effigie de César. Regarde plutôt.

ACESTE.

Mais c'est de l'argent qu'il me faut.

PARMÉNON.

Tu veux de l'argent?

ACESTE.

Sans aucun doute.

PARMÉNON.

Alors Pézophile te connaît bien, car il m'a dit plus d'une fois que tu étais avide d'argent.

ACESTE.

C'était à moi de lui faire ce reproche; il est bien plus avide, lui, qui nuit et jour court les chances du jeu pour...

PARMÉNON.

Il joue pour son plaisir.

ACESTE.

Bah!... Crois-moi; si le gain n'était pas le but de ces joueurs, ils modéreraient leur jeu ou plutôt s'abstiendraient tout-à-fait de jouer. Je cherche à gagner par mon industrie et mon travail l'argent qui m'est nécessaire pour vivre; mais c'est le superflu que poursuivent les joueurs par les hasards où ils s'exposent et souvent même par des fourberies.

PARMÉNON, *à part.*

Je ne vois rien de superflu chez nous.

ACESTE.

Si j'avais mieux connu Pézophile, je ne l'aurais jamais obligé.

PARMÉNON.

Pourquoi te fâcher, Aceste? Tu veux de l'argent, on t'en donnera.

ACESTE.

Qu'on m'en donne donc à l'instant.

PARMÉNON.

Un instant! un instant! ignores-tu donc cet adage trivial : Personne ne donne ce qu'il n'a pas.

ACESTE.

Eh bien! qu'on en cherche.

PARMÉNON.

On en cherchera.

ACESTE.

Qu'on en trouve.

PARMÉNON.

On en trouvera. Nous partons bientôt pour l'armée; nous combattons l'ennemi, nous lui enlevons son camp; la caisse militaire tombe entre nos mains. Nous revenons chargés d'or et d'argent; voilà donc ta somme trouvée et nous te soldons. Au revoir.

ACESTE.

Mais...

PARMÉNON.

Mais rien n'est plus certain.

ACESTE.

Cependant...

PARMÉNON.

Cependant sois tranquille et garde-toi de souffler le mot, ou tu donnerais l'éveil aux autres créanciers. A votre tour, Grytariopole.

SCÈNE V.

PARMENON, GRYTARIOPOLE.

PARMÉNON, *les bras et les jambes croisés comme un bureaucrate persuadé de son importance.*

Lisez cette facture, lisez.

GRYTARIOPOLE.

Primò, pour une glace de quatre-vingts pouces de haut sur quarante-sept de large, douze cents livres tournois. Je ne vois plus cette glace.

PARMÉNON.

C'était un miroir monstrueux, imposteur. Il me représentait, moi Parménon, avec des joues bouffies, un air impudent et déshonnête et donnait à mon maître un visage lugubre et colère. Les petits-maîtres seuls aimaient à s'y voir, et cependant ils ne s'y voyaient que sous la forme de jeunes filles ou de poupons. Un pareil miroir ne pouvait manquer de nous déplaire. Mon maître, dans une noble indignation, l'a brisé et réduit en poudre. Continuez votre lecture.

GRYTARIOPOLE.

Secundò, pour vases en porcelaine de la Chine, quarante livres. Je n'en aperçois plus aucun. Les aurait-il également brisés?

PARMÉNON.

La pensée de les briser m'est en effet venue souvent. A quoi servent ces vases chinois qui ne sont bons à rien? Nous les avons échangés contre des verres français qui ne sont décorés ni de peintures, ni d'or, mais qui nous font un meilleur usage. Poursuivez.

GRYTARIOPOLE.

Tertiò, pour quatre statues de bronze, mille quatre-vingts livres tournois.

PARMÉNON.

Reste-t-il encore autre chose?

GRYTARIOPOLE.

Encore deux articles. Quartò...

PARMÉNON.

Montrez-moi la facture, que j'examine moi-même les comptes afin de vous satisfaire.

GRYTARIOPOLE.

Mais où a-t-il transporté ces statues? car

il les avait achetées pour décorer cette chambre à coucher.

PARMÉNON.

Vous me demandez où il les a transportées... Il les a fait porter à je ne sais quelle académie et il en a fait présent à je ne sais quels académiciens qui sont fort curieux de ces choses.

GRYTARIOPOLE.

Dans une académie, dis-tu? C'est donc à l'académie des médailles?

PARMÉNON.

Des médailles ou des monnaies, comme il lui aura plu.

GRYTARIOPOLE.

Serait-il de cette académie?

PARMÉNON.

Il est de toutes les académies, il les enrichit toutes par ses largesses.

GRYTARIOPOLE.

Pézophile en effet était magnifique autrefois; mais je ne sais pourquoi maintenant il remet toujours ses créanciers. L'argent lui manquerait-il?

PARMÉNON.

Il en a toujours et en abondance; mais nous partons pour l'armée, nous usons du droit militaire. Reprends ta facture.

GRYTARIOPOLE.

De quel droit militaire me parles-tu?

PARMÉNON.

Nous ajournons le paiement de nos dettes; ainsi le veut la justice du droit militaire.

GRYTARIOPOLE.

Mais cette justice-là est souverainement injuste.

PARMÉNON.

Gardez-vous de dire ce qu'un bon citoyen comme vous ne devrait pas même penser.

GRYTARIOPOLE.

Je ne vois pas...

PARMÉNON.

Je vais te faire voir. Les intérêts de l'État ne doivent-ils pas passer avant les intérêts privés?

GRYTARIOPOLE.

J'en conviens.

PARMÉNON.

Celui qui prend du service ne sert-il pas l'État?

GRYTARIOPOLE.

Je ne veux pas le nier non plus.

PARMÉNON.

Or, peut-on servir dans l'armée sans armes, sans chevaux, sans uniforme, sans s'équiper enfin d'une foule d'objets?

GRYTARIOPOLE.

Au fait, je ne le crois pas.

PARMÉNON.

Et tout cet équipement du guerrier, peut-il se le procurer sans argent?

GRYTARIOPOLE.

Je t'attends à la conclusion.

PARMÉNON.

M'y voici. La justice exige donc que notre argent soit d'abord consacré aux besoins du service, c'est-à-dire à l'État, et ensuite à payer nos créanciers.

GRYTARIOPOLE.

Mais si vous consacrez tout votre argent à l'État, qui me paiera ma créance quand il ne vous restera rien?

PARMÉNON.

Vous vous trompez, Grytariopole, vous vous trompez. Car nous qui, de notre fortune privée avons grossi la fortune publique, bientôt de la fortune publique nous grossirons notre fortune privée. Me comprenez-vous?

GRYTARIOPOLE.

Vous qui, d'une fortune privée, avez grossi la fortune publique? Fortune privée... fortune publique... cela n'est certainement pas clair.

PARMÉNON.

Je vous l'expliquerai. Après la campagne nous prendrons nos quartiers d'hiver, n'est-ce pas?

GRYTARIOPOLE.

Je le suppose.

PARMÉNON.

Combien pensez-vous que nous vaillent nos quartiers d'hiver?

GRYTARIOPOLE.

Je ne puis trop dire.

PARMÉNON.

Vous le saurez plus tard. Pour le moment emportez votre facture avec vous et revenez nous voir après nos quartiers d'hiver.

GRYTARIOPOLE.

Mais c'est bien long, après vos quartiers d'hiver!

PARMÉNON.

Vous pourrez ne pas perdre de temps à vous présenter.

GRYTARIOPOLE.

Mais en attendant...

PARMÉNON.

En attendant, vous espérerez.

GRYTARIOPOLE.

Mais il faut vivre.

PARMÉNON.

Celui qui espère, ne vit-il pas?

GRYTARIOPOLE.

Mais enfin...

PARMÉNON, *poussant de force Grytariopole hors de la chambre.*

Mais enfin... tournez-moi les talons et ne me regardez pas ainsi de travers.

SCÈNE VI.

PARMÉNON, ESCHROKERDES.

PARMÉNON.

Quel est ce papier que vous avez à la main?

ESCHROKERDES.

Une obligation souscrite à mon ordre par Pézophile.

PARMÉNON.

Voyons... Mon Dieu! quels doigts crochus, Eschrokerdes! Quelle maladie travaille votre main!

ESCHROKERDES.

Aucune.

PARMÉNON.

Aucune! il faut bien qu'une maladie quelconque ait contracté vos articulations. Regardez donc.

ESCHROKERDES.

Je suis né ainsi.

PARMÉNON.

La nature a vu de loin, mais l'exercice l'aura un peu aidée; lisons... « Je reconnais avoir reçu d'Eschrokerdes trois mille livres tournois. » Trois mille livres tournois!

ESCHROKERDES.

Ni plus ni moins. Tu reconnais la main de Pézophile?

PARMÉNON.

Je la reconnais... Ah! je me souviens, je me souviens; vous nous aviez donné deux cents livres et je ne sais quelles guenilles. Mon maître vous fit un billet de trois cents livres. Vous revîntes peu après avec le billet; il en refit un de mille livres. Vous revîntes encore et puis encore, et enfin il vous doit mille écus... Hum... Vous ne demandez pas d'argent, Eschrokerdes?

ESCHROKERDES.

Pas absolument. Je ne suis pas assez arabe pour...

PARMÉNON.

Vous attendrez sans peine.

ESCHROKERDES.

J'ai déjà attendu, et moyennant un arrangement j'attendrai.

PARMÉNON.

Je le crois bien. Le retard bat monnaie pour vous.

ESCHROKERDES.

Je pourrais, à la rigueur, exiger la rentrée de mes fonds, et les prêter aux marchands qui partent pour les Indes.

PARMÉNON.

Vous vous en garderez bien; toute l'Amérique, vous le savez, n'a pas de mine où vous puissiez puiser comme dans cette maison.

ESCHROKERDES.

Mais je crains qu'elle ne finisse par s'épuiser.

PARMÉNON.

Sans doute, beaucoup de gens l'exploitent; mais on y suppléera.

ESCHROKERDES.

Comment?

PARMÉNON.

Vous le demandez. Parbleu! par la guerre. Pendant la campagne nous poursuivrons la gloire; la campagne finie, nous poursuivrons l'argent. Notre recrutement d'hommes et de chevaux nous en fournira le moyen; nous enrôlerons le plus grand nombre possible de fils de famille; nous les achetons à bon marché, et les parents nous les rachètent cher; ce qui nous fait un bénéfice immense et clair.

ESCHROKERDES.

Mais si Pézophile allait mourir pendant la campagne?

PARMÉNON.

Eh! n'avez-vous pas chez vous les gages que nous vous avons donnés dernièrement; ces bronzes d'un travail exquis?

ESCHROKERDES.

J'aime mieux de l'argent que ce bronze fondu.

PARMÉNON, *caressant Eschrokerdes.*

Vous qui avez fait tant d'or avec du papier, vous serait-il difficile de changer le bronze en argent?

ESCHROKERDES.

Je reviendrai demain avec mon billet, pour y faire ajouter un tout petit mot.

PARMÉNON.

J'y ajouterai si tu veux tes qualités : *(à part.)* Eschrokerdes est un escroc[1].

ESCHROKERDES.

Nous n'avons nullement besoin de ton ministère en cette occasion... Je voulais t'offrir... mes souhaits pour ta santé... *(Il fait semblant de vouloir donner quelque chose à Parménon, mais il ne tire de sa poche que son mouchoir, au grand désappointement du valet.)* Au revoir, Parménon, le plus honnête des valets.

PARMÉNON.

Au revoir, Eschrokerdes, le plus infâme des usuriers, la ruine de la jeunesse, la sangsue

(1) Le traducteur a substitué ici un jeu de mots fort peu spirituel à une pointe assez comique que donne le texte, mais qu'on ne peut rendre en français. Le texte dit : « Si tu le veux, j'ajouterai trois lettres qui formeront ton nom; *(à part.)* car tu es un homme de trois lettres. » Or, homme de trois lettres, *homo trium litterarum*, signifie voleur, en latin *(fur)*.

Vous, vous êtes un sot, en trois lettres, mon fils, dit madame Pernelle à Damis, dans *Tartufe*.

du peuple, et de tous les fripons le plus digne de la corde. N'y a-t-il plus personne, qui me vienne demander de l'argent? Voilà déjà trois créanciers soldés sans délier les cordons de notre bourse. J'en vois un quatrième qui m'est inconnu; mais mon maître fait tant d'affaires tous les jours que je ne sais plus ni ce que nous devons, ni à qui nous le devons.

SCÈNE VII.

ATYCHÈS PARMÉNON.

PARMÉNON.

Approchez donc plus près; que craignez-vous? Je distribue ici l'argent à pleines mains.

ATYCHÈS.

Je ne sais ce que vous voulez dire.

PARMÉNON.

Mais je sais, moi, ce que vous demandez.

ATYCHÈS.

Je cherche Pézophile.

PARMÉNON.

Et de l'argent.

ATYCHÈS.

Non, jamais. La cruelle nécessité ne m'a pas encore réduit à mendier.

PARMÉNON.

Fort bien. *(à part.)* Voilà donc enfin un honnête homme; il ne lui faut pas d'argent. *(à Atychès.)* Excusez-moi, je vous en prie. Celui que vous cherchez est mon maître, homme d'une équité rigide, qui ne craint rien tant que de devoir quelque chose à quelqu'un; et qui préférerait jeter l'argent à la tête de ses créanciers, plutôt que de souffrir qu'ils lui en réclament.

ATYCHÈS.

J'admire la probité de votre maître, et si ce n'est pas être importun, je désirerais l'entretenir un instant.

PARMÉNON.

Je vais le prévenir. Votre nom, s'il vous plaît?

ATYCHÈS.

Il est inutile qu'il sache mon nom; je me ferai suffisamment connaître à lui.

SCÈNE VIII.

ATYCHES, PHILOCLES.

ATYCHÈS.

Venez, Philoclès, approchez.

PHILOCLÈS.

Ah! la vaste maison, mon père! Quelle différence avec notre petite cabane!

ATYCHÈS.

Nous sommes toujours bien logés, mon fils, quand la vertu réside sous notre toit. *(à part.)* Hélas! pauvre jeune homme! il aurait dû habiter une demeure plus vaste encore que celle-ci.

PHILOCLÈS.

Si j'ai bonne mémoire, mon père, vous avez habité long-temps cette ville. Dans quel quartier était située votre maison? pourriez-vous me la faire voir, mon père?

ATYCHÈS.

Depuis que j'ai quitté la ville, mon fils, les maisons, comme leurs maîtres, sont bien changées. *(à part.)* Ai-je bien pu livrer à des mains étrangères les foyers de mes aïeux!

PHILOCLÈS.

Vous disiez souvent, mon père, que plusieurs personnes de notre famille passaient leur vie à la cour; irons-nous les voir bientôt?

ATYCHÈS.

Je n'en ai pas le temps maintenant. *(à part.)* Pourraient-ils supporter ma vue? pourrais-je soutenir la leur? Mais voilà, je crois, Pézophile; mon fils, prenez un air respectueux.

SCÈNE IX.

PÉZOPHILE, ATYCHÈS, PHILOCLÈS.

PÉZOPHILE.

C'est vous qui me demandez?

ATYCHÈS.

Je cherche Pézophile, à qui je suis inconnu et que je ne connais pas; je désire parler à celui qui a, dit-on, acheté la compagnie de cavalerie de Néoptolème.

PÉZOPHILE.

C'est moi-même.

ATYCHÈS.

Celui qui implore un bienfait dès la première entrevue doit paraître indiscret; mais on doit excuser ce qu'il y a d'insolite dans la conduite de l'homme dont les malheurs ne sont pas ordinaires. Vous voyez un suppliant...

PÉZOPHILE.

Mais, au contraire; commandez, si je puis vous être bon à quelque chose.

ATYCHÈS.

Mon fils, éloignez-vous un peu.

(Philoclès se retire.)

SCÈNE X.

PÉZOPHILE, ATYCHÈS.

ATYCHÈS.

Celui que vous voyez suppliant devant vous, était autrefois lui-même entouré de suppliants. Cet aveu me coûte, mais je dois le faire. J'étais riche; j'avais un nom connu de la capitale et de la cour! maintenant je traîne une vie ignorée dans un village... Hélas!

PÉZOPHILE.

Je suis affligé d'apprendre que la fortune vous ait choisi pour un exemple de son inconstance; mais quand on est malheureux par la faute du sort et non par la sienne, on est soulagé du plus grand poids du malheur.

ATYCHÈS.

Plût au ciel que je ne fusse pas coupable! mais si j'accuse la fortune, j'ai bien plus à m'accuser moi-même.

PÉZOPHILE.

Seriez-vous du nombre de ceux que l'envie de la félicité d'autrui rend malheureux, et qui, en voyant d'autres revenir enrichis de l'or des Indes, confient à la mer perfide de vastes richesses, de plus vastes espérances, et perdent les unes et les autres à la fois?

ATYCHÈS.

Il n'est que trop vrai; ma fortune a fait naufrage, mais loin de l'Océan. D'ailleurs je ne pouvais me livrer au commerce; je suis né d'une famille et d'un rang... Que sert de le rappeler?

PÉZOPHILE.

Mais que de gentilshommes se livrent à une industrie qui n'a rien de honteux! Auriez-vous imité ceux qui entretiennent à grands frais des chevaux et des meutes pour la chasse, et ruinent non-seulement les moissons des laboureurs, mais encore leur propre patrimoine?

ATYCHÈS.

Si je chasse aujourd'hui, c'est pour ma nourriture; ce n'est pas le plaisir qui m'y engage, mais la dure nécessité qui m'y force.

PÉZOPHILE.

Serait-ce l'erreur qui a perdu tant de seigneurs de campagne, qui, se trouvant avoir des voisins avides, ou envieux eux-mêmes de la propriété d'autrui, se prennent de mots, décidant leur querelle par le fer ou les procès, et périssent par l'un ou par l'autre, perdant misérablement la vie ou soumettant à l'arbitrage de Thémis des patrimoines qu'ils ne reverront plus?

ATYCHÈS.

J'ai toujours vécu avec mes voisins dans une concorde parfaite; moi seul j'ai été mon ennemi, moi seul je me suis perdu. Et puisque vous désirez connaître mes infortunes...

PÉZOPHILE.

Excusez-moi, je vous en prie; j'ai peut-être été indiscret en vous interrogeant, mais on désire connaître les malheurs qu'on se sent porté à soulager.

ATYCHÈS.

Vous ne m'interrogerez pas davantage, vous saurez ce que votre humanité désire savoir. Un fléau plus affreux que toutes les tempêtes et tous les incendies m'a précipité du haut de mon opulence; ma fortune s'est brisée sur le roc fatal où tant de navires se sont abîmés et s'abîment encore... sur la table des joueurs.

PÉZOPHILE, *reculant, ému et effrayé.*

Que dites-vous?

ATYCHÈS.

La vérité.

PÉZOPHILE.

Vous avez donc toujours rencontré des vents contraires?

ATYCHÈS.

Les vents m'étaient trop favorables; ils m'ont poussé vers la pleine mer; ils m'ont trompé par leur souffle perfide. Tandis que je leur confiais ma fortune, j'ai heurté contre un rocher, j'ai fait naufrage; à peine me suis-je sauvé presque nu. J'ai réuni aussitôt les débris de mon patrimoine; j'ai abandonné la ville; je me suis caché à la campagne. C'est là qu'avec ma famille... Mais n'en exigez pas davantage; j'ai pu vous raconter les infortunes que j'ai méritées; je ne saurais vous parler de la misère des miens, dont je fus la cause; la honte et mes pleurs arrêteraient ma voix.

PÉZOPHILE.

Vous me direz, du moins, le service que vous attendez de moi?

ATYCHÈS.

Je vous le dirai. J'ai un fils sorti de l'adolescence; la nature, malgré mon silence, lui a révélé son origine. Le jeune homme dédaigne les champs; il brûle de se faire un nom; il désire prendre du service. Je l'ai conduit à Néoptolème; ce seigneur l'avait connu encore enfant; j'espérais obtenir sa protection pour mon fils, mais il m'a dit qu'il vendait sa compagnie; et cette vente renverse toutes mes espérances, si votre bonté ne les relève.

PÉZOPHILE.

Rassurez-vous. Où est votre fils?

SCÈNE XI.

PEZOPHILE, ATYCHÈS, PHILOCLÈS.

ATYCHÈS.

Approchez-vous, mon fils; saluez cet homme généreux, désormais votre unique espoir.

PHILOCLÈS.

Je vous salue, ô vous qui voulez secourir les malheureux et qui en avez le pouvoir; puissiez-vous être toujours heureux!

PÉZOPHILE.

Puissiez-vous, aimable jeune homme, imiter les vertus de votre père!

ATYCHÈS.

Faites-lui de meilleurs souhaits, je vous en prie; qu'il suive plutôt votre exemple.

PÉZOPHILE, *refusant du geste la louange d'Atychès.*

On trouve dans ses traits un air de candeur et de politesse.

ATYCHÈS.

Un jeune homme toujours élevé à la campagne ne peut avoir qu'une faible teinte de la politesse des villes.

PÉZOPHILE.

Celui qui vous a pour père et pour maître n'a pu prendre des manières rustiques, même au milieu des champs.

ATYCHÈS.

Oui, j'ai été son maître; je lui ai appris à manier une épée, à dompter un cheval, à honorer son prince, à chérir sa patrie, à sacrifier sa vie à la gloire; ce furent là mes leçons.

PÉZOPHILE.

Leçons dignes d'un tel maître et d'un tel disciple. Je ne sais ce que je trouve dans ses traits qui fait augurer un grand courage.

ATYCHÈS.

S'il m'est permis de le rappeler, il compte parmi ses aïeux des hommes qui ont pu lui léguer un noble cœur. Peut-être avez-vous entendu parler de Polyclète, le général?

PÉZOPHILE.

J'en ai très souvent entendu parler, et toujours avec éloge.

ATYCHÈS.

C'était son aïeul maternel. Les noms des Nicostrate et des Andronic ne vous sont pas sans doute inconnus?

PÉZOPHILE.

Comment ne connaîtrais-je pas ceux que nos annales citent comme des foudres de guerre?

ARTYCHÈS.

Nous les comptons au rang de nos aïeux.

PÉZOPHILE.

Un jeune homme né d'un tel père et issu de pareils ancêtres doit aspirer aux premiers emplois de l'armée.

ATYCHÈS.

Oui, autrefois; mais aujourd'hui comment le pourrait-il? Nos vœux sont réduits à la mesure de notre fortune. Admettez-le seulement au nombre de vos cavaliers volontaires; ce seul bienfait suffira, c'est le seul que j'implore.

PÉZOPHILE.

Ce que vous demandez est injuste. Votre fils ne peut servir dans les derniers rangs de la milice; il est digne au moins du grade de sous-officier.

ATYCHÈS.

Il en serait digne en effet, s'il n'était hors d'état d'en faire les frais; vous voyez la simplicité de ses vêtements. Et cependant, pour les lui procurer, combien de privations il a fallu nous imposer! Ainsi donc, en attendant que les dieux nous permettent de meilleures espérances, vous aurez assez fait pour lui et pour moi si vous lui accordez une place près de vous dans votre compagnie, trop heureux, même au milieu de privations de tous genres, d'obtenir quelquefois un regard favorable de son chef!

PÉZOPHILE.

Il aura dans ma compagnie le poste et le rang qu'il mérite.

ATYCHÈS.

O mon fils! voilà votre maître, votre chef, votre protecteur; vous devez le respecter, le vénérer, l'aimer et l'imiter s'il est possible.

PHILOCLÈS.

C'est avec joie que je m'offre à lui pour disciple et pour soldat.

PÉZOPHILE.

C'est avec joie que je vous reçois pour frère d'armes, pour camarade dans les camps, pour compagnon de dangers et de gloire.

PHILOCLÈS.

Conduisez-moi, conduisez-moi partout où vous voudrez; me voilà prêt à vous suivre partout.

PÉZOPHILE.

Quoi! même au milieu des ennemis?

PHILOCLÈS.

A travers les piques, à travers mille feux, cette épée saura me frayer un chemin ou vous en frayer un

(Il porte la main sur la garde de son épée.)

ATYCHÈS.

Que faites-vous, mon fils? où s'égarent vos paroles? Remettez ce fer dans le fourreau, réprimez votre enthousiasme. (*à Pézophile.*) Daignez l'excuser.

PÉZOPHILE.

Ce courage me plaît, ces discours méritent des éloges et non un pardon. Donnez-moi la main, brave jeune homme.

ATYCHÈS.

Oh! mon fils, embrassez cette main protectrice.

PÉZOPHILE.

Dès cet instant je vous engage ma foi.

PHILOCLÈS.

Ma vie vous est à jamais dévouée.

PÉZOPHILE.

Cependant mon oncle Chrysore m'aide de ses fonds pour l'achat de ma compagnie ; je désirerais que vous puissiez tarder un instant et lui présenter votre fils.

ATYCHÈS.

Je vais le lui présenter de ce pas, et Philoclès lui dira comme moi tout ce que nous vous avons d'obligation. Que cet oncle doit être heureux de toutes vos vertus! Puisse le ciel vous protéger toujours; ce sont les vœux qu'Atychès et son fils Philoclès ne cesseront de lui adresser!

PÉZOPHILE.

Le ciel vous protége tous deux !

SCÈNE XII.

PÉZOPHILE, *seul.*

Il était bien digne de ma compassion ; oui, je compâtis sincèrement à ses maux. Si je change les noms, voilà mon histoire [1]. Atychès était riche, il s'est livré au jeu ; de l'opulence il est tombé dans la misère. Hélas, toute sa destinée ne correspond que trop bien à la mienne. Mêmes fortunes, mêmes fautes, même fin. Il y a cependant cette différence entre nous : Atychès n'a trouvé aucun refuge dans sa détresse, l'opulente maison de mon oncle m'a offert un port de salut.

SCÈNE XIII.

PÉZOPHILE, PARMÉNON.

PARMÉNON.

Mon maître, j'ai congédié tous vos créanciers et je les ai tous satisfaits. Il ne vous reste plus qu'à me payer et à vous acquitter envers moi.

PÉZOPHILE.

Que je t'admire et que je t'aime, mon Parménon!

(1) *Mutato nomine de te fabula narratur.* Horace, Sat. I.

PARMÉNON.

Et je le mérite bien.

PÉZOPHILE.

Je ne conçois pas par quel artifice tu as pu satisfaire sans argent des hommes si avides.

PARMÉNON.

Rien de plus facile. J'ai promis à l'un notre butin, à l'autre les économies de notre quartier d'hiver, au troisième l'argent que nous produiront nos recrues.

PÉZOPHILE.

Et s'il était venu un quatrième créancier?

PARMÉNON.

J'aurais trouvé un quatrième moyen pour lui fermer la bouche. Croyez-vous donc que ce génie fertile puisse jamais s'épuiser?

PÉZOPHILE.

Eh bien! un quatrième créancier se présente; trouve ce quatrième moyen et paie-toi.

PARMÉNON.

Oh! s'il s'agit de mes intérêts, je ne trouve rien. Mon esprit est à sec; je n'entends pas ce genre de paiement.

PÉZOPHILE.

Toi qui as si bien satisfait trois créanciers, tu ne peux te satisfaire tout seul?

PARMÉNON.

Non vraiment; mais je peux rappeler les créanciers que j'ai congédiés, et c'est ce que je vais faire, si vous n'aimez mieux me compter mon argent que de vous voir à la fois assailli de leurs importunités et des miennes.

PÉZOPHILE.

Mais pourquoi me demander aujourd'hui des gages que je t'ai offerts plus d'une fois et que tu n'as pas acceptés?

PARMÉNON.

Le mot de l'énigme est facile. Autrefois je servais Bacchus et vous fuyiez le jeu; aujourd'hui vous servez le jeu et je fuis Bacchus. Autrefois donc, je ne pouvais conserver mon argent et vous pouviez me le garder; aujourd'hui vous ne pouvez me le garder, mais je peux le conserver; voilà pourquoi je vous demande aujourd'hui ce que je refusais autrefois.

PÉZOPHILE.

Puisque tu le veux, on te comptera ton argent. Combien y a-t-il d'années que tu me sers?

(*Ils s'approchent tous deux de la table à jouer.*)

PARMÉNON.

Six ans; mais vous pouvez bien en compter huit.

PÉZOPHILE.

Tu plaisantes, je crois! Pourquoi donc aux six ans en ajouter deux?

PARMÉNON.

Parce que vous jouez.

PÉZOPHILE.

Parce que je joue?

PARMÉNON.

Oui, sans aucun doute. Écoutez-moi, s'il vous plaît; il y a deux ans que vous jouez.

PÉZOPHILE.

J'en conviens.

PARMÉNON.

Les autres domestiques servent leurs maîtres le jour ou la nuit, et dorment le jour ou la nuit. Depuis deux ans que vous jouez nuit et jour, je vous sers nuit et jour. Le temps de mon service est donc double, doubles doivent être mes gages.

PÉZOPHILE.

Prends garde qu'on ne double les coups d'étrivières, imbécile!

PARMÉNON.

Eh bien! voyons. Payez-moi mes gages entiers pour six années entières.

PÉZOPHILE.

Parle; combien te faut-il?

PARMÉNON.

Rien de plus aisé à calculer. Ne vous êtes-vous pas engagé à me donner pour mes bons et loyaux services cent livres par chaque année? or, il y a six années, j'exige donc six cents livres.

PÉZOPHILE.

C'est fort bien; mais de cette somme il faut déduire tout ce que tu m'as volé.

PARMÉNON.

Je ne vous ai rien volé, je le jure. Des valets vous ont souvent escroqué, mais c'étaient des valets en peinture, armés de hallebardes, et sans cœur hors un seul, les Hector, les Pâris, etc.

PÉZOPHILE.

Approche et compte... Comme tu as l'air triomphant!

PARMÉNON.

Cette couleur me plaît. Cinq.... dix.... (*à Pézophile qui retire le sac.*) Attendez donc un petit moment.

PÉZOPHILE.

Je perds trop de temps. Voilà cent écus bien comptés. Prends-les.

PARMÉNON.

Et rien de plus?

PÉZOPHILE.

Rien..

PARMÉNON.

Mais vous m'en devez encore autant.

PÉZOPHILE.

Je ne t'en donnerai pas davantage pour le moment: il faut que tu apprennes à faire un bon usage de tant d'argent; ne va pas le dissiper.

PARMÉNON.

Ne craignez rien. (*Il se retire dans un coin.*) Je vais les recompter; en pareil cas je ne me fie qu'à moi.

SCÈNE XIV.

CLÉOBULE, PÉZOPHILE, PARMÉNON, *dans son coin.*

CLÉOBULE.

Salut à notre guerrier.

PÉZOPHILE.

Quelle salutation est-ce là?

CLÉOBULE.

Bonne nouvelle, mon ami; la compagnie de cavalerie est à toi; ton oncle en a compté l'argent. Il a invité Néoptolème à dîner; cet officier est arrivé. Dépêche-toi de venir prendre place avec nous.

PÉZOPHILE.

Je hais les dîners d'apparat.

CLÉOBULE.

Tu consacrais au jeu des nuits entières, et tu ne pourrais donner une heure ou deux à ton oncle et à tes amis? Suis-moi.

PÉZOPHILE.

Que fera-t-on après dîner?

CLÉOBULE.

Ce qu'on voudra. Dépêche-toi.

PÉZOPHILE.

Quel ennui!

CLÉOBULE.

Que regardes-tu? Ne te fais pas attendre.

PÉZOPHILE, *obéissant à regret.*

J'obéis, puisqu'il le faut.

SCÈNE XV.

PARMÉNON, *comptant son argent par piles.*

Quatre-vingt-quinze, quatre-vingt-seize, quatre-vingt-dix-sept, quatre-vingt-dix-huit, quatre-vingt-dix-neuf, cent écus. Oh! si mon maître en eût ajouté encore autant! Que d'argent peut produire cette petite somme bien placée! Que de Parménons ont vu leurs petits pécules grossir comme la boule de neige et devenir des fortunes immenses!... Voyons, à quoi me décider? comment placer mon argent? D'abord j'aurai soin de n'en rien détourner pour de frivoles dépenses. A coup sûr, je ne jouerai pas un écu; je n'imiterai pas mon maître, qui... Ah! je méritais d'être riche, puisque je saurai faire un si bon emploi de la richesse!

SCÈNE XVI.

PSEUDOLE, PARMÉNON.

PSEUDOLE, *se précipitant dans les bras de Parménon.*

N'est-ce pas Parménon que je vois? Et comment te portes-tu, mon adorable ami?

PARMÉNON, *reculant et cachant son argent.*

Très bien; mais je t'en prie...

PSEUDOLE, *restant les bras étendus.*

Après si long-temps, je te retrouve enfin. Permets que je tombe dans tes bras.

PARMÉNON, *fuyant les embrassements de Pseudole.*

Eh! n'approche pas davantage.

PSEUDOLE.

Fi! comme te voilà fier! Me fuirais-tu?

PARMÉNON.

Point du tout; mais...

PSEUDOLE.

Tu ne me reconnais pas, je crois; m'aurais-tu déjà oublié?

PARMÉNON.

Oh! je te connais bien, Pseudole, avec ta face de renard; oh! je te reconnais bien.

PSEUDOLE.

Et tu m'aimes toujours, n'est-ce pas?

PARMÉNON.

Passionnément.

PSEUDOLE.

Permets donc qu'à l'exemple de nos marquis, qui s'embrassent à toute rencontre et même dans la rue, permets que je te donne l'accolade fraternelle.

PARMÉNON.

Je l'ai déjà dit... je te somme de ne pas m'approcher.

PSEUDOLE.

Et pourquoi?

PARMÉNON.

Passe à gauche et garde-toi d'approcher de mon côté droit.

PSEUDOLE.

Aurais-tu quelque douleur?

PARMÉNON.

Vois l'enflure de ma poche!

PSEUDOLE.

Je te débarrasserai, si tu le veux, et je me chargerai de ton fardeau, tant je t'aime!

PARMÉNON.

Je le garderai avec soin, tant je me défie de toi.

PSEUDOLE.

Te voilà riche, mon ami; je t'en félicite.

PARMÉNON.

Je m'en réjouis pour moi. Mais d'où viens-tu?

PSEUDOLE.

De la campagne, où les désastres du jeu avaient exilé mon maître. Mais la campagne nous a remplumés et nous revenons au combat, sûrs de vaincre, ou...

PARMÉNON.

Ou...

PSEUDOLE.

De mourir de faim.

PARMÉNON.

Digne sort des joueurs! Mais où est ton maître Astragale?

PSEUDOLE.

Là-bas devant la maison; il a rencontré une ancienne connaissance, et il m'a dit de le précéder, pour savoir si... Mais le voilà.

SCENE XVII.

ASTRAGALE, PSEUDOLE, PARMÉNON.

ASTRAGALE.

Que les plus heureux auspices accompagnent Parménon, le plus spirituel et le plus gras des valets! Où est ton maître? où est notre cher Pézophile?

PARMÉNON.

Il vient de se mettre à table.

ASTRAGALE.

On dit qu'il part bientôt pour l'armée.

PARMÉNON.

On le dit.

ASTRAGALE.

Fais-lui savoir, je t'en prie, qu'un ami lui désire quelques mots le plus tôt possible.

PARMÉNON.

Je doute qu'il puisse venir.

ASTRAGALE.

Il ne se repentira pas d'avoir été dérangé; il apprendra des choses qui l'intéressent. Avertis-le en particulier, m'entends-tu?

SCÈNE XVIII.

ASTRAGALE, PSEUDOLE.

ASTRAGALE, *à part.*

Puisque Pézophile est regarni d'espèces, il faut que je le fasse jouer de nouveau.

PSEUDOLE, *à part.*

Puisque Parménon est chargé d'argent, il faut que je m'empare de lui par la ruse ou par le vin.

ASTRAGALE.

Je ne le lâcherai pas que je n'aie vidé sa bourse.

PSEUDOLE.

Il ne sortira pas de mes mains que je ne

l'aie soulagé de son fardeau par quelque tour de ma façon.

ASTRAGALE.

Si je ne répare mes désastres par la ruine d'un autre, la misère m'accablera bientôt.

PSEUDOLE.

Si mon adresse ne sait tirer parti de l'imprévoyance du prochain, il faudra que je meure de soif.

ASTRAGALE.

Que dis-tu, Pseudole? que médites-tu là en toi-même?

PSEUDOLE.

Je songe à notre position.

ASTRAGALE.

Morbleu! je ne sais où passe tout l'argent que l'on confie au jeu.

PSEUDOLE.

Rien n'est plus facile à savoir; demandez-le à ceux qui donnent à jouer.

ASTRAGALE.

Le jeu me paraît comme une mer, où des fleuves d'or se jettent sans qu'il en retourne jamais rien.

PSEUDOLE.

Pour moi, la salle des joueurs me paraît ressembler exactement à l'audience des plaideurs. Tout l'argent s'en va dans la poche de ceux qui savent exploiter la folie d'autrui.

ASTRAGALE.

Hem; chut! voilà mon homme.

SCÈNE XIX.

PÉZOPHILE, ASTRAGALE, PSEUDOLE, PARMÉNON.

(Entre Pézophile avec une serviette comme un convive qui sort de table pour y retourner bientôt.)

ASTRAGALE, *courant embrasser Pézophile.*

Que les dieux protégent Pézophile!

PÉZOPHILE.

Qu'ils envoient à Astragale tout le bonheur du monde!

ASTRAGALE.

Tu me vois de retour de mes propriétés rurales, où mes affaires m'ont retenu.

PÉZOPHILE.

Je m'étonnais de ta longue absence. Notre salle de jeu paraissait vide; les cartes regrettaient ta présence; nos cornets même te rappelaient par un murmure plaintif. Le jeu est de glace quand tu n'y es pas.

ASTRAGALE.

Il est de feu quand tu y es. En toi sa protection, son appui, sa gloire. Je te cède le premier rang, satisfait du second, que je retourne remplir; et je t'offre aujourd'hui à vaincre un adversaire rarement vainqueur, plus souvent vaincu, et qui n'est pas de ta force.

PARMÉNON.

Nous ne battons plus que les ennemis.

PÉZOPHILE, *à Parménon.*

Qui t'a donné la parole? *(à Astragale.)* Je n'ai pas encore fini de dîner.

ASTRAGALE.

Que parles-tu de dîner? Pour nous, jouer n'est-ce pas vivre? J'ai cependant humecté mon gosier d'une tasse de café. Une troupe d'amis choisis m'attend ici près chez Panolètre; tu sais bien. J'y vole.

PÉZOPHILE.

Ne peux-tu retarder un instant?

ASTRAGALE.

Impossible; peut-être n'ai-je déjà que trop fait attendre mes amis; car je leur avais donné parole.

PARMÉNON, *tirant son maître par le bout de la manche.*

Mon maître, les convives vous attendent.

PÉZOPHILE, *à Parménon.*

Débarrasse-moi de cette serviette. *(Il donne sa serviette à Parménon.)* Mon chapeau et mon épée.

PARMÉNON.

Mais...

PÉZOPHILE.

Dépêche-toi... *(à Astragale.)* Pars toujours, Astragale; je te suis à l'instant; je te rattrape en un clin-d'œil.

ASTRAGALE.

Pseudole, suis-moi.

(Pseudole fait quelques pas et revient bientôt sur le théâtre pour guetter Parménon.)

PARMÉNON, *à son maître.*

Voilà le chapeau... voilà votre épée... mais songez...

PÉZOPHILE.

Point de leçons, maraud.

SCÈNE XX.

PARMÉNON, PSEUDOLE.

PSEUDOLE.

Me refuseras-tu ta compagnie? ne viens-tu pas trinquer avec moi, Parménon?

PARMÉNON.

Laisse-moi; je ne veux pas mal employer un argent bien acquis, mais le placer à intérêt.

PSEUDOLE.

Tu veux le placer à intérêt?

PARMÉNON.

Au plus gros intérêt et le plus tôt possible.

PSEUDOLE.

J'approuve fort ton dessein, et si tu le veux,

je t'indiquerai des personnes qui te feront gagner un gros intérêt à l'heure.

PARMÉNON.

Où sont-ils?

PSEUDOLE.

Je te le dirai. Je dois suivre mon maître; suis le tien et viens nous rejoindre.

SCÈNE XXI.

PARMÉNON, *seul.*

La fortune t'appelle, Parménon, ne la repousse pas; enrichis-toi, puisque tu le peux; c'est par-là qu'il faut commencer. Puis, de valet tu deviendras maître et noble de roturier; tu changeras de nom et de race; ou, en ajoutant une toute petite lettre à ton nom, de Parménon tu deviendras Parmenion, l'arrière-petit-fils de ce Parmenion dont je me rappelle avoir lu l'histoire, avant que mon maître ne vendît ses livres. Allons, et par notre visage, notre démarche, notre air, apprenons déjà à contrefaire l'homme de qualité. Hem, hem...

(Il cherche à imiter les attitudes, le geste, le hochement de tête et jusqu'à la toux des gens de qualité.)

ACTE TROISIÈME.

SCÈNE I.

CHRYSORE, CLEOBULE.

CHRYSORE.

Que soupçonnes-tu, Cléobule? Quel motif peut avoir eu Pézophile pour quitter aussi brusquement la table et les convives?

CLÉOBULE.

Peut-être lui est-il survenu quelque affaire grave et qui n'admettait aucun retard.

CHRYSORE.

Oh! si sa bourse eût été pleine, les conjectures ne seraient ni difficiles, ni douteuses.

CLÉOBULE.

Peut-être est-il allé rendre service à un ami?

CHRYSORE.

Le supposerais-tu engagé dans quelque rixe? le second de quelque duel?

CLÉOBULE.

Pézophile n'est pas homme à soutenir ses amis dans une mauvaise querelle, mais à voler à leur secours s'ils sont en danger.

SCÈNE II.

AGRION, CHRYSORE, CLÉOBULE.

AGRION.

Puis-je, sans être importun...

CLÉOBULE.

Mais c'est Agrion, si je ne me trompe!

AGRION.

Salut à tous deux.

CHRYSORE.

Approchez, Agrion, approchez. Quelle nouvelle nous apportez vous?

AGRION.

Hélas! une bien grande calamité nous est survenue.

CHRYSORE.

Vous parlez peut-être de la longue sécheresse qui, l'année dernière, a désolé nos champs et nos pâturages, ou de cet ouragan terrible qui tout récemment a bouleversé la terre et la mer, ravagé une grande partie de la France et ruiné les campagnes et les laboureurs?

AGRION.

Je parle du fléau qui, sorti de votre ville, est venu s'abattre sur nous, car depuis que vous avez vendu le château de Pézophile...

CHRYSORE.

Que dis-tu?

CLÉOBULE.

Que veut-il dire?

AGRION.

Je dis qu'on nous traite de la manière la plus indigne, depuis que le château a passé dans de nouvelles mains.

CHRYSORE.

De quel château parles-tu?

AGRION.

Mais du château sur les bords de la Seine, du château que possédait votre père, cet homme... Ah! quand je me le rappelle, la douleur interrompt ma voix et je ne puis retenir mes larmes, car celui-là était un homme de bien. Je parle de ce château, que vous avez vendu avec les fonds de terre, pour votre avantage, sans doute, mais pour notre ruine à tous.

CHRYSORE.

Mais je n'ai vendu de château à personne.

AGRION.

Vous avez donc envoyé un intendant pour tout gouverner et bouleverser à sa fantaisie?

CHRYSORE.

Mais je n'ai pas envoyé d'intendant.

AGRION.

Vous n'avez pas vendu, vous n'avez pas

envoyé d'intendant; j'en remercie le ciel; que ne l'avons-nous su plus tôt! Mais nous jetterons bientôt dehors ce brigand qui envahit avec tant d'impudence le domaine d'autrui.

CHRYSORE.

Attends donc.

AGRION.

Ah! comme je vais l'arranger à mon retour!

CHRYSORE.

Demeure un instant et fais-moi connaître comment la chose s'est passée.

AGRION.

Volontiers. Mais par où commencerai-je? M'y voici; écoutez-moi donc. Vous vous rappelez comment les fermages échus ont été, dans les premiers jours de janvier, payés en votre présence à Pézophile?

CHRYSORE.

Je me le rappelle.

AGRION.

Nous étions donc quittes envers vous, n'est-ce pas?

CHRYSORE.

Sans doute.

AGRION.

Six ou huit jours après, nous arrive un homme à l'air important, menant grand train avec une longue suite, une chaise à quatre chevaux, des chevaux de selle caparaçonnés, et tout brodé d'or lui-même, vous m'entendez bien?

CHRYSORE.

Continue.

AGRION.

J'étais dans l'avenue; il me fait appeler par un domestique. Je lui apprends que vous étiez tous deux absents, vous et Pézophile; il me répond que désormais il est le maître des terres et du château et m'en demande les clefs. Je les refuse; il me menace et se dispose à employer la force. Que faire? Je les lui donne. Depuis cet instant cet homme impérieux commande en seigneur; il plante d'arbres stériles les champs les plus productifs; il trace des jardins d'agrément; il fait démolir les anciens bâtiments pour en faire reconstruire de nouveaux. Au-dessus de la porte de l'avenue il a fait poser son écusson. Cet écusson porte trois... oui, il porte trois champignons blasonnés; mais cela ne fait rien à la chose; car, parmi nous, avec de l'argent se fait noble qui veut.

CHRYSORE, *à part.*

Malheureux jeune homme! quelle audace dans le crime!

AGRION.

Oh! oui; ce Pseudogène est bien le plus audacieux des hommes; il ne craint rien; il accable tous ses vassaux d'injures et de coups, et tandis qu'il nous laisse mourir de faim, il vit dans les délices et pour lui seul. J'ai cru, comme tout le monde l'affirmait, qu'il était réellement devenu propriétaire du château; car, comment soupçonner que l'on envahisse avec autant d'impudence la propriété d'autrui? Mais nous lui ferons bien rendre gorge. J'irai le trouver; je rassemblerai tous les tenanciers, tous les voisins; nous l'arrangerons de la bonne manière...

CHRYSORE.

Garde-toi d'une pareille folie et tâche de supporter avec patience ce que tu ne peux éviter.

AGRION.

Supporter un imposteur, un traître, le ravisseur du bien d'autrui? impossible. Tant qu'Agrion vivra jamais on n'usurpera une propriété qui vous appartient.

CHRYSORE.

Cesse ces menaces; tu le croyais d'abord propriétaire réel, continue de le croire, il doit l'être en effet, Pézophile a vendu son château.

AGRION.

Il a vendu son château? par vos conseils alors ou par votre ordre?

CHRYSORE.

Il aime le séjour de la ville; il se déplaît à la campagne; ou peut-être ne trouvait-il pas ce château assez près de la capitale.

AGRION.

Il a mal fait; car ce château était très agréable, construit à grands frais et embelli par les soins de son père. Il faut se résigner; mais si vous venez nous voir l'été prochain, conseillez à ce Pseudogène de nous traiter avec plus d'humanité; qu'il se souvienne qu'homme lui-même, ce sont des hommes qu'il a pour vassaux [1].

CHRYSORE.

Je l'en avertirai.

AGRION.

Adieu, portez-vous bien, ainsi que Pézophile. Le ciel vous ait en garde tous deux!

SCÈNE III.

CHRYSORE, CLÉOBULE.

CHRYSORE.

Tant que ce pauvre vieillard était ici, j'ai

(1) Il y a dans le texte :

Se hominem hominibus dominari sciat,

Réminiscence de Térence :

Homo sum, humani nihil a me alienum puto.

dû renfermer ma douleur dans mon sein... il faut qu'elle éclate. Je n'ai plus de reproches pour Pézophile; mais j'ai le droit de me plaindre de vous, Cléobule, vous qui n'avez pas détourné votre ami d'une action infâme, ou qui du moins ne m'en avez pas averti à l'instant.

CLÉOBULE.

Pouvais-je prévenir un dessein que je ne connaissais pas? Pouvais-je vous avertir d'une faute qui, jusqu'à cette heure, m'a été cachée?

CHRYSORE.

Grands dieux! la jeunesse n'a plus de honte quand une fois elle se livre au jeu. Tout l'or que son père mourant lui avait laissé, il l'a déjà dissipé; des meubles mêmes de cette maison, que je lui avais donnés ou qu'il avait achetés de mon argent, il ne reste que ce qu'il n'a pu enlever. C'était trop peu!.. il a vendu la meilleure propriété. Et combien? Qu'importe le prix qu'il en a reçu, puisqu'il est déjà joué?

SCÈNE IV.

CHRYSORE, MÉGACHRYSE, CLÉOBULE.

MÉGACHRYSE.

Que le ciel exauce vos vœux à tous deux!

CHRYSORE.

Salut à Mégachryse.

MÉGACHRYSE.

Je suis heureux de vous trouver chez vous, Chrysore. J'ai besoin de vos conseils.

CLÉOBULE.

Peut-être suis-je de trop?

MÉGACHRYSE.

Point du tout; demeurez, Cléobule. Je désirerais, Chrysore, vous faire quelques questions relativement aux hôtels qui appartenaient à votre frère.

CHRYSORE.

De quels hôtels parlez-vous?

MÉGACHRYSE.

De ces vastes hôtels avec de grands portails, situés sur la place voisine. Vous paraissez étonné? est-ce que je ne vous les désigne pas suffisamment?

CHRYSORE.

Plus qu'il n'est nécessaire. Mais que désirez-vous relativement à ces hôtels?

MÉGACHRYSE.

N'auraient-ils pas quelque vice secret de construction? les matériaux en sont-ils de mauvaise qualité? les murs mal cimentés, les fondements peu sûrs? Il m'importe de le savoir, et j'espère que vous ne vous refuserez pas à me le dire franchement et sans arrière-pensée.

CHRYSORE.

Auriez-vous dessein de les louer?

MÉGACHRYSE.

Non; mais au contraire de les acheter pour les louer à d'autres.

CHRYSORE.

Pézophile a-t-il résolu de les mettre en vente?

MÉGACHRYSE.

Pézophile? non pas; il ne peut vendre deux fois la même chose; mais celui à qui Pézophile les a vendus dernièrement veut les revendre.

CHRYSORE.

Et qui est-il?

MÉGACHRYSE.

Celui qui habite la petite maison contiguë aux hôtels, cet homme aux vêtements sales, à la barbe inculte et dont le coffre regorge d'or, celui... celui... là... là... comment l'appelez-vous donc? Il n'y a personne que vous connaissiez mieux.

CLÉOBULE.

Harpagon, peut-être?

MÉGACHRYSE.

Harpagon lui-même; il est venu me trouver aujourd'hui, et comme il sait que j'ai touché de l'argent hier, il me propose d'acheter ces hôtels. J'ai craint, en voyant l'acheteur si pressé de vendre (car il n'y a pas quinze jours qu'ils les a achetés), j'ai craint qu'il n'y eût découvert quelque vice; je viens donc savoir de vous si vous croyez que je puisse les acheter en toute sécurité.

CHRYSORE.

Pézophile, qui en était possesseur et qui les a vendus, peut vous instruire mieux que moi.

MÉGACHRYSE.

Je suivrai le conseil que vous me donnerez.

CHRYSORE.

Encore une fois, demandez à Pézophile lui-même.

MÉGACHRYSE.

On le dit sorti; mais je reviendrai le consulter. Je n'abuserai pas plus long-temps de votre patience. Je vous salue tous les deux.

CHRYSORE

Au revoir, Mégachryse.

SCÈNE V.

CHRYSORE, CLEOBULE.

CHRYSORE.

Je suis hors de moi. Quelle torture je souffre! un coup succède à l'autre! Et vous ne saviez rien non plus de cette vente?

CLÉOBULE.

Que je meure si j'en avais entendu parler, si j'en avais conçu le moindre soupçon!

CHRYSORE.

Le perfide! l'infâme! que n'est-il devant moi!

CLÉOBULE.

Où courez-vous?

CHRYSORE.

Sa démence me fait aussi perdre la tête; je cours le trouver, lui reprocher en public...

CLÉOBULE.

Que n'attendez-vous qu'il rentre chez lui, que votre douleur soit un peu apaisée. Vos remontrances calmes auront plus de poids.

CHRYSORE.

Que parlez-vous de remontrances? Quel espoir de corriger celui qui, non content de s'être dépouillé de sa fortune, me dépouille déjà de la mienne? car cet argent qu'il a emprunté hier, il faut que je le rende à Géronte, si je veux agir en homme d'honneur, et j'agirai en homme d'honneur. Mais je châtierai l'infâme comme il le mérite.

CLÉOBULE.

Ce sont là des fautes, je l'avoue, et des fautes graves, mais vous lui avez pardonné aujourd'hui même.

CHRYSORE.

Ai-je pu pardonner ce que j'ignorais, ce qu'il a fait clandestinement, ce que sa fourbe m'a caché, ce qui est impardonnable, et hélas! sans remède?

CLÉOBULE.

Il n'en restait plus qu'un et Pézophile en a profité; il renonce au jeu, prend du service et se prépare à de nouvelles mœurs avec une nouvelle vie.

CHRYSORE.

Mais j'ai déjà déterminé le châtiment exemplaire que je veux tirer de lui.

CLÉOBULE.

On vient; contenez-vous.

SCÈNE VI.

CHRYSORE, CLEOBULE, ATYCHÈS.

ATYCHÈS.

C'est encore moi qui viens vous importuner.

CHRYSORE.

Vous venez toujours à propos, quand je puis vous être utile.

ATYCHÈS.

Vous voyez devant vous un infortuné accablé de douleur, et d'autant plus malheureux qu'il ne peut profiter de votre bienfait.

CHRYSORE.

Et pourquoi donc? Expliquez-vous.

ATYCHÈS.

Je vous ai présenté mon fils ce matin; vous l'avez reçu avec une bonté paternelle, vous nous avez ordonné d'espérer en vous et en Pézophile. Je vous quitte plein de la plus douce confiance, je raconte vos bienfaits à tous ceux que le hasard m'offre en chemin; ma langue publie tout ce que mon ame pense de Pézophile et de vous. Tout le monde applaudit à vos louanges comme aux siennes. Cependant j'apprends qu'il est joueur. C'est le jeu autrefois qui m'a perdu; cette pensée m'arrête. Mais si mon fils, au lieu de l'art militaire, apprenait d'un joueur à jouer? J'ai tremblé, je vous l'avoue; je tremble encore. Pardonnez à ma terreur; de si grands désastres m'ont enseigné la crainte. En renonçant au secours que vous m'offrez, toutes mes espérances s'évanouissent, je le sens; mais j'aime mieux ne rien espérer que d'avoir tout à craindre pour mon fils. C'est donc à regret que je le ramène malgré lui dans ma retraite. Le ciel, justement irrité contre moi, doit être propice à vos vertus [1]. Plaignez mon sort. Adieu.

CHRYSORE.

Demeurez, Atychès; je suis loin de blâmer la crainte qui agite votre cœur; je l'approuve, au contraire. Mais n'abandonnez pas l'espérance que vous avez placée en moi. Où est votre fils?

ATYCHÈS.

Ici près, il se cache. Pauvre jeune homme! son désespoir fuit la lumière.

CHRYSORE.

Que ne lui dites-vous d'entrer?

ATYCHÈS.

La honte et la douleur le retiennent.

CHRYSORE.

Qu'il se rassure, qu'il entre.

ATYCHÈS.

Vous le verrez plongé dans le deuil et les joues baignées de larmes.

CHRYSORE.

Je serai heureux de le voir, même dans cet état.

ATYCHÈS.

Approche, Philoclès, un protecteur plus tendre qu'un père t'ordonne d'entrer.

SCÈNE VII.

PHILOCLÈS, ATYCHÈS, CHRYSORE, CLÉOBULE.

CHRYSORE.

Séchez vos larmes, malheureux jeune homme, qui méritiez un meilleur sort.

(1) Le texte dit *superos*, les dieux; mais la langue latine ne recule jamais devant un synonyme. Les mœurs de la pièce n'appartenant pas à la civilisation païenne, *superos* est ici pour *Deum*.

ATYCHÈS.

Approche donc, approche... Jette-toi à ses pieds.

CHRYSORE.

Je ne le permettrai pas.

PHILOCLÈS, *tombant aux genoux de Chrysore.*

Je vous en supplie, prenez pitié de mon sort.

CHRYSORE, *offrant la main à Philoclès pour qu'il se relève.*

Que faites-vous? cette posture convient-elle...

ATYCHÈS.

Elle convient à celui à qui sa fortune la commande, à qui son père l'ordonne.

CHRYSORE, *tendant de nouveau la main à Philoclès.*

Levez-vous, encore une fois, levez-vous; votre place n'est pas à mes genoux, mais dans mes bras. Pourquoi détourner la tête? Regardez-moi. Voyez en moi votre protecteur.

PHILOCLÈS.

Puis-je renaître par vous à l'espérance?

CHRYSORE.

Vous le pouvez, oui, vous le pouvez, Philoclès.

PHILOCLÈS.

Par vous je pourrai marcher sur les traces de mes aïeux?

CHYSORE.

Oui, n'en doutez pas. Je sais ce que je veux et puis faire pour vous. Je le ferai; reposez-vous sur moi.

PHILOCLÈS.

Ah! vous me rappelez à la vie.

ATYCHÈS.

Maintenant je puis mourir.

CHRYSORE.

Vivez, Atychès, vivez; et retournez dans votre famille plein des plus grandes espérances.

ATYCHÈS.

Rappelé par vous à la vie je retourne près des miens. Quand ordonnez-vous que je ramène mon fils?

CHRYSORE.

Votre fils? En attendant que j'aie préparé ses équipages pour l'armée, qu'il reste ici, chez moi, sous mes yeux; je le désire, et si j'ai mérité quelque chose de vous, je l'exige.

ATYCHÈS.

Vous le désirez, vous l'exigez?

CHRYSORE.

Le retard ne sera pas long.

ATYCHÈS.

Mon cœur est saisi d'étonnement et ma langue, qui demeure muette, ne peut exprimer ce qu'il sent.

CHRYSORE.

Embrassez votre père, Philoclès, et faites-lui vos adieux.

PHILOCLÈS, *embrassant son père.*

O le meilleur des pères, adieu!

ATYCHÈS, *embrassant son fils.*

O mon cher fils, sois heureux et surtout homme de bien! C'est moi qui t'ai rendu misérable, voici celui qui va te rendre heureux et que tu dois aimer plus que ton père : je ne m'en plaindrai pas.

PHILOCLÈS.

Oh! mon cœur se sent assez d'amour pour vous chérir tous deux, pour m'acquitter envers tous deux.

CHRYSORE.

Entrez dans l'intérieur des appartements, Philoclès, et prenez le repos dont vous avez besoin.

PHILOCLÈS.

Je vous obéis, ô vous que je ne sais comment appeler, mon protecteur ou mon père!

SCÈNE VIII.

CHRYSORE, CLEOBULE.

CHRYSORE.

Vous voyez, Cléobule, où le jeu conduit les familles.

CLÉOBULE.

Je le vois, et je m'en afflige.

CHRYSORE.

Cessez donc de vous étonner que personne ne veuille recevoir Pézophile dans sa famille, malgré la noblesse de sa naissance. Il n'y a pas de maison opulente assez solide sur ses fondements pour qu'un joueur ne la renverse bientôt. Hélas! n'avais-je pas eu assez d'exemples étrangers de ruines causées par le jeu? fallait-il encore celui de Pézophile? En un instant il a perdu sa fortune et sa réputation; ceux-là même le fuient qui auraient besoin de son secours; et, ce que je regarde comme le comble des misères, il est désormais incapable d'être utile, même quand il le voudrait.

CLÉOBULE.

Il est brave, intrépide, d'une constitution vigoureuse; il acquerra du renom à l'armée, et sa gloire compensera la ruine de sa fortune.

CHRYSORE.

Que le chemin de la renommée est difficile à celui qui s'est une fois couvert d'infamie! Mais j'aperçois son coquin de valet.

SCÈNE IX.

CHRYSORE, CLÉOBULE, PARMÉNON

CHRYSORE.

D'où viens-tu, honnête valet?

PARMÉNON.

D'où je voudrais n'être jamais allé.

CHRYSORE.

Où est ton maître?

PARMÉNON.

Nulle part.

CHRYSORE.

Que dis-tu ?

PARMÉNON.

C'en est fait de lui.

CHRYSORE.

Grands dieux! que dis-tu? Serait-il mort?

PARMÉNON.

Non.

CLÉOBULE.

Qu'y a-t-il donc?

PARMÉNON.

C'en est fait de lui, vous dis-je.

CHRYSORE.

Continueras-tu de parler par énigmes, misérable?

PARMÉNON.

Faut-il vous dire toute la vérité?

CHRYSORE.

Je le veux, je te l'ordonne.

PARMÉNON.

Ce matin vous vous emportiez parce que je ne parlais pas assez clairement; bientôt vous vous affligerez de ce que je parle trop clair.

CHRYSORE.

Parle.

CLÉOBULE, *à part.*

Quelle terreur est la mienne!

CHRYSORE.

Tu tardes encore à t'expliquer?

PARMÉNON.

Je ne tarde plus. Mon maître vient de risquer au jeu une somme d'argent empruntée à usure, et de plus la compagnie que vous lui aviez achetée; il a tout perdu. O fortune!

CHRYSORE.

C'en est assez.

PARMÉNON.

Est-ce assez clair?

CLÉOBULE *à Chrysore.*

Où courez-vous?

CHRYSORE.

Laissez-moi.

CLÉOBULE.

Au nom du ciel, de la clémence!

CHRYSORE.

Ses vices ont comblé la mesure.

CLÉOBULE.

Demeurez un instant : que ce premier mouvement se calme.

CHRYSORE.

Laissez-moi, laissez-moi. Il s'est conduit d'une manière digne de lui; je me conduirai d'une manière digne de moi.

SCÈNE X.

CLEOBULE, PARMENON.

CLÉOBULE.

Où est ton maître? dis, parle.

PARMÉNON.

Sur la place voisine.

CLÉOBULE.

Conduis-moi vers lui, hâte-toi, conduis-moi vers lui.

PARMÉNON.

Il n'y a pas besoin de guide. Courez à cette maison funeste de Panolètre; mon maître est là, s'il est quelque part.

CLÉOBULE.

J'y vole à l'instant, j'en arrache le malheureux.

PARMÉNON.

Allez, courez. Pendant ce temps je vais régler un certain compte avec moi-même.

SCÈNE XI.

PARMENON, *seul.*

Ouf! me voilà seul; personne qui me voie, personne qui m'entende. Du courage! (*Il ôte son vêtement, dépose son chapeau, se crible de coups de poings, et veut s'arracher les cheveux et les oreilles.*) Ah! Parménon, scélérat de Parménon, tu as perdu cent écus et tu vis encore! Mais je vais à l'instant cesser de vivre, je vais me pendre. Fermons d'abord les portes et tirons les verroux, de crainte qu'un importun ne nous dérange ou ne nous appelle mal à propos. (*Il ferme les portes.*) Maintenant... Qui m'appelle?... On y va!... Personne. Maintenant il faut choisir une solive d'où mon corps puisse pendre commodément. (*Il passe en revue les solives pour en choisir une.*) Celle-ci, si je ne me trompe, est un peu trop basse.... celle-là paraît trop haute... mais cette troisième fera mon affaire; en m'y suspendant, je pendrai à une distance convenable du sol... Mais n'est-ce pas déshonorer mes parents et mes alliés.. Ils s'affligeront... Qu'ils s'affligent... (*Il ôte sa perruque et sa fraise.)* Pour moi rien ne m'affligera plus... D'ailleurs je ne serai pas le premier de la race des Parménon qui ait fini sa carrière par la corde. S'il faut périr par sa propre main ou par celle du bourreau, il vaut mieux périr par la sienne; je périrai par la mienne. *(Il regarde s'il n'y a pas dans les boiseries quelque clou proéminent.)* Malheureux! je cherche un clou dans ces boiseries et je n'en trouve pas. J'en vois bien un petit, mais il est incapable de supporter une masse comme la mienne; et s'il allait me laisser tomber à terre, quelle chute! j'en serais tout meurtri.... Ah! je découvre un gros clou auquel je pendrai sans danger.... Eh! eh! la porte a crié. *(Il court à la porte.)* Je me suis trompé. Mes oreilles tintent. Il ne me reste plus qu'à trouver une corde. *(Il fouille dans sa bourse pour y trouver de l'argent.)* O tête imprévoyante et sans cervelle! De mes cent écus je n'ai pas gardé un sou pour acheter une corde!... Allons, ceinture, viens à mon secours. *(Il dénoue sa ceinture.)* Fais fonction de la corde et rends-moi ce dernier service... Serrons le nœud coulant qui serrera la gorge, serrons-le bien. *(Il saisit avec les dents un côté de la ceinture et serre le nœud.)* Ouf... ouf... ouf... nous y voilà; tout est déjà prêt... Je vais donc mourir intestat? Parbleu! je n'ai que ma bonne renommée à laisser après moi. Mais une échelle me manque encore; une chaise en fera l'office. *(Il s'efforce de monter sur la chaise ou sur les bougeons, en partant tantôt du pied gauche, tantôt du pied droit; puis obliquement.)* Sont-ce mes pieds qui tremblent ou ceux du fauteuil? Allons, Parménon, du courage. Tu trembles, lâche, tu trembles! Allons! hisse-toi et meurs en héros. Mais qu'est-ce que j'entends? Certainement on vient. Je ne me trompe pas. Malheureux que je suis! Qui vient si mal à propos? Ne me sera-t-il pas permis de me pendre à loisir et de mourir tranquillement?

SCÈNE XII.

PEZOPHILE, PARMÉNON.

PÉZOPHILE, *frappant la porte des pieds et des mains.*

Qui a donc fermé cette porte?

PARMÉNON, *descendant avec effroi de la chaise.*

Mon maître!

PÉZOPHILE.

Ouvrez, s'il y a quelqu'un, ouvrez.

PARMÉNON.

Comme il bat cette porte! je suis mort.

PÉZOPHILE.

Dans ma fureur je brise, j'enfonce, j'anéantis...

PARMÉNON.

Où me cacher?

(Il ramasse à la hâte sa défroque, et court se cacher derrière un fauteuil, dans un coin du théâtre; il passe de temps en temps la tête, quand son maître lui tourne le dos.)

PÉZOPHILE.

La porte cède à mes efforts. Elle s'ouvre enfin. N'y a-t-il personne? Ah! personne. Personne; laissons éclater librement la fureur que j'ai trop long-temps comprimée dans mon ame[1]. Je suis à la torture... je suis sur la roue... Les furies jettent leurs serpents dans mon sein. *(Il mord son chapeau, puis, se laissant tomber sur un fauteuil qu'il rencontre, il médite un instant.)* O fortune perfide! ton sourire n'était qu'une amorce, tu me caressais pour m'entraîner dans l'abîme. *(Il se lève.)* Mais tu accuses la fortune, misérable! quand tu devrais n'accuser que toi seul! Ai-je bien pu me livrer encore à ce jeu que j'avais abjuré tant de fois! *(Il croise les bras et fixe la terre.)* Oser trahir ainsi la foi jurée à ton oncle! *(Il change de pose dans une violente agitation.)* Quoi! ses bienfaits n'ont pu t'arrêter; tu n'as pu en faire un meilleur usage? Langue parjure! main criminelle! tête dévouée aux furies! *(Il retombe sur son fauteuil, et, se tournant de côté, appuie sa tête sur sa main et cache son visage.)* J'ai tout perdu. *(Il se retourne du côté des spectateurs et lève les yeux au ciel.)* Et je vis encore! Non, non, ces murs serviront ma fureur! Je briserai cette tête insensée.

(Grinçant des dents et égaré, il enfonce son chapeau sur sa tête et se précipite vers le fauteuil derrière lequel Parménon se cache.)

PARMÉNON, *élevant la tête et les bras derrière le fauteuil.*

O mon maître! ayez pitié de vous et de moi!

PÉZOPHILE, *écartant le fauteuil avec fureur.*

Pourquoi te cachais-tu là, traître? c'est donc toi qui avais fermé la porte? c'est toi qui as prétendu me repousser de ma maison?

PARMÉNON, *tremblant.*

Pardonnez.

PÉZOPHILE.

Je te pardonne, mais à une condition; rends-moi l'argent que je t'ai donné.

(1) VALÈRE.

Non, l'enfer en courroux et toutes ses furies,
N'ont jamais inventé de telles barbaries...
Sort cruel! ta malice a bien su triompher,
Et tu ne me flattais que pour mieux m'étouffer.

REGNARD.

PARMÉNON.

Faites-moi grace.

PÉZOPHILE.

Je te fais grace, te dis-je, mais rends-moi...

PARMÉNON.

Ne me redemandez pas ce que...

PÉZOPHILE.

Au lieu de cent écus, je promets de t'en rendre mille.

PARMÉNON.

Impossible.

PÉZOPHILE.

Tu me les refuserais, pendard! Par l'enfer!... (*Il saisit Parménon au collet.*)

PARMÉNON.

Ahi! ahi! vous m'étranglez.

PÉZOPHILE.

Tu me les donneras, mort ou vif.

PARMÉNON.

Hélas! ni mort, ni vif; je ne puis vous les donner.

PÉZOPHILE.

Et pourquoi donc, parjure?

PARMÉNON.

Parce que je les ai perdus.

PÉZOPHILE.

Parce que?...

PARMÉNON.

Parce que je les ai perdus, hélas! Faut-il le dire deux fois?

PÉZOPHILE.

Oses-tu bien te jouer encore de moi?

PARMÉNON.

Hélas! j'ai trop joué.

PÉZOPHILE.

Tu mens encore?

PARMÉNON.

Plût au ciel!

PÉZOPHILE.

Tu les as perdus? mais où? quand? comment?

PARMÉNON.

Il n'y a qu'un instant; là où vous étiez, avec David, Géta et Pseudole.

PÉZOPHILE.

Comment, misérable! risquer au jeu cent écus?

PARMÉNON.

J'ai eu tort, je l'avoue.

PÉZOPHILE.

Perdre en une seule heure tes gages de trois années!

PARMÉNON.

La force de l'exemple est grande; le mauvais exemple m'a perdu.

(*Il montre son maître.*)

PÉZOPHILE.

Malheureux que je suis! avec ces cent écus je pouvais ramener la fortune. C'est toi, parricide, toi qui as d'un seul coup ruiné ton avenir et le mien.

PARMÉNON.

J'en suis au désespoir.

PÉZOPHILE, *tirant son épée.*

Mais la mort bientôt va me venger.

PARMÉNON.

Ah! rentrez cette épée dans son fourreau, ne tranchez pas ma vie. Moi-même j'ai résolu de me détruire, et sans votre malencontreuse arrivée, vous verriez à l'heure qu'il est votre Parménon pendu à cette solive.

PÉZOPHILE.

J'admire ton dessein; je t'ai appris à jouer, tu m'apprendras à mourir; et ce fer, plongé dans mon sein...

PARMÉNON, *retenant la main de son maître.*

Attendez un instant; c'est à moi de commencer; c'est moi qui en ai eu la première idée.

SCÈNE XIII.

PÉZOPHILE, CLÉOBULE, PARMÉNON.

CLÉOBULE, *arrachant à Pézophile son épée.*

Mon ami, que fais-tu? et que viens-tu de faire?

PÉZOPHILE.

La fortune m'a traité comme elle n'a jamais traité personne.

CLÉOBULE.

As-tu pu oublier si vite et si indignement ton oncle?

PÉZOPHILE.

Ah! je n'oublierai jamais comme la fortune s'est joué de moi. Écoute...

CLÉOBULE.

Je ne veux pas t'entendre et je n'en ai pas le temps. Chrysore...

(*Il veut conduire Pézophile à son oncle.*)

PÉZOPHILE.

Il faut que tu le saches.

CLÉOBULE.

Je sais tout; mais apprends que...

PÉZOPHILE.

Tu sais tout; eh bien! as-tu jamais ouï parler de tant d'insolence?

CLÉOBULE.

Non; mais...

PÉZOPHILE.

Dés maudits! après onze coups fortunés perdre plus de vingt fois de suite; qu'en dis-tu[1]?

(1) Dix fois à carte triple être pris le premier! REGNARD.

CLÉOBULE.

Ce que je dis? Tu as perdu la tête.

PÉZOPHILE.

Je le crois. Et qui pourrait supporter cette série fatale sans perdre la tête? ah!

CLÉOBULE.

Tu parles de malheurs passés que tu ne peux réparer. Préviens, si tu le peux, les malheurs à venir, et...

PÉZOPHILE.

Tous les malheurs passés sont réparables si tu me prêtes à l'instant quelque argent. Viens à mon secours, je t'en supplie.

CLÉOBULE.

Quoi! tu penses encore à jouer? O mon ami! quelle fureur!

PÉZOPHILE.

La fortune m'a maltraité; je veux la faire rougir de son injustice. Me refuseras-tu ce que j'implore à tes pieds?

(*Il se jette à genoux pour supplier Cléobule.*)

CLÉOBULE.

Je veux te rendre le plus grand des services; suis-moi.

PÉZOPHILE.

Tu consens donc à me prêter de l'argent?

CLÉOBULE.

Mon amitié ne t'a jamais manqué quand tu en as eu besoin.

PÉZOPHILE.

Je le sais et je te rends grace. Eh bien! je n'eus jamais plus besoin de ton amitié.

CLÉOBULE.

Oui, tu n'as pas une seconde à perdre; cours aux pieds de ton oncle; cherche à le fléchir, s'il en est encore temps.

PÉZOPHILE.

Eh! qu'il s'irrite contre moi, qu'il soit furieux, qu'il me maudisse; il faut que je tente encore une fois la fortune, il faut que je joue.

PARMÉNON.

Mon maître, j'aperçois votre oncle; je ne sais quel papier il porte à la main.

CLÉOBULE.

Hélas! je ne le sais que trop!

PÉZOPHILE.

Où fuirai-je, malheureux?

SCÈNE XIV.

CHRYSORE, PÉZOPHILE, CLÉOBULE, PARMÉNON.

CHRYSORE, *saisissant le bras de Pézophile et l'arrêtant.*

Demeurez, Pézophile, demeurez; j'ai deux mots à vous dire.

CLÉOBULE.

Au nom du ciel! Chrysore!

CHRYSORE.

Laissez-moi, Cléobule... Veuillez répondre à mes questions, Pézophile.

PARMÉNON, *à part.*

Il lui fait son procès en forme; il commence par l'interroger.

CHRYSORE.

Le château et les terres que vous possédiez sur les bords de la Seine, à qui appartiennent-ils?

PARMÉNON, *à part.*

Ouf!

CHRYSORE.

Vous gardez le silence? Ce vaste hôtel que vous possédiez sur la place voisine, quel en est aujourd'hui le maître?

PARMÉNON.

Ahi!

CHRYSORE.

Vous vous taisez? Et la compagnie de cavalerie que je vous ai achetée, la passerez-vous bientôt en revue?

PARMÉNON, *à part.*

Comme il passe tout en revue lui-même!

CHRYSORE.

Vous ne répondez rien? vous ne pouvez parler? Peut-être saurez-vous lire. Tournez vos yeux de ce côté.

CLÉOBULE.

Votre testament!

CHRYSORE.

Où j'institue pour mon héritier un autre que Pézophile.

(*Pézophile tombe comme frappé d'un coup de foudre. Appuyé sur une des colonnes du théâtre, tantôt il jette les yeux sur son oncle, tantôt il les soulève vers le ciel.*)

PARMÉNON.

M'aurait-il institué son héritier?

CLÉOBULE.

Grands dieux? qu'ai-je entendu?

CHRYSORE.

Oui, j'exclus de tous les biens dont la loi me laisse la disposition mon neveu Pézophile, Pézophile que possède le démon du jeu, Pézophile que le jeu a perdu.

CLÉOBULE.

Je vous en prie, je vous en supplie, je vous en conjure, abjurez votre colère; ouvrez de nouveau votre cœur à la miséricorde.

CHRYSORE.

Je ne fais rien par colère.

CLÉOBULE.

Corrigez votre neveu; ne le perdez pas.

CHRYSORE.

J'ai voulu le corriger, je n'ai pu y parvenir ; mais je puis le punir et je le punis.

PARMÉNON, *à Pézophile.*

Mon maître, resterez-vous là planté comme une borne?

CLÉOBULE.

Par cette main bienfaisante que j'embrasse...

CHRYSORE.

Vous parlez en vain.

CLÉOBULE.

Ne déshéritez pas celui que la nature et le sang vous ont donné pour héritier.

CHRYSORE.

C'est à bon droit que j'exclus de ma fortune celui qui s'est lui-même dépouillé de la sienne. Donnerai-je à un joueur, pour qu'il les dissipe, des richesses acquises par le travail?

CLÉOBULE.

Eh! peut-être les donnerez-vous à des inconnus, à des étrangers, à des ingrats.

CHRYSORE.

Non, je les léguerai à un homme que je connais, à mon parent, à celui dont la reconnaissance m'est assurée.

CLÉOBULE.

Eh! à qui donc?

CHRYSORE.

A vous.

CLÉOBULE.

A moi?

CHRYSORE.

Où fuyez-vous, Cléobule?

CLÉOBULE.

Je ne puis hésiter. Si vous ne rétablissez Pézophile dans ses droits, je m'éloigne pour jamais.

PÉZOPHILE.

Demeurez, Cléobule. Daignez m'entendre une dernière fois, mon oncle. Ne craignez pas de moi des plaintes importunes ; vous frappez un coupable et vous choisissez un digne héritier. Je suis bien malheureux, mais du moins je le serai seul. Heureux d'un tel héritier, vous oublierez les tourments que je vous ai causés et tous mes torts. Je n'en aurai plus d'autres. Je vous délivre de ma présence. Vous ne me reverrez plus. Vivez, soyez heureux. (*à Cléobule.*) Jouissez du destin que votre vertu vous a mérité.

CLÉOBULE.

Arrête ô mon ami!

PARMÉNON

Mon maître, où courez-vous? Est-ce donc ainsi que je vous perds et que vous me perdez?

CHRYSORE.

Suivez-le, Cléobule ; faites-le revenir. Je suis son oncle ; il peut continuer de vivre près de moi. De mon vivant je continuerai de pourvoir à sa nourriture et à son habillement, et à ma mort je lui léguerai de quoi soutenir son existence.

CLÉOBULE, *sortant.*

Qu'il regarde comme à lui tout ce qui sera à moi ; je n'accepte votre bienfait qu'à la condition de lui tout restituer dès qu'il sera capable de le conserver.

PARMÉNON, *à Chrysore.*

Me déshéritez-vous également?

CHRYSORE.

Que réclames-tu, mauvais drôle?

PARMÉNON.

Je réclame ce que mon maître me doit, cent écus bien comptés, à moins que vous ne jugiez bon d'y ajouter quelque chose.

CHRYSORE.

On te les paiera, s'il est vrai que ton maître te les doive.

SCÈNE XV.

PARMÉNON, *seul.*

Maintenant que me reste-t-il à faire? Dois-je poursuivre le dessein que j'avais pris et conduire mon hardi projet jusqu'à la corde? Au fait, je crois qu'il vaut encore mieux vivre et ne pas permettre qu'un lacet honteux défigure par son étreinte une mine qui n'est pas tellement dépourvue de grace. Vivons. Abordons le nouvel héritier de Chrysore ; cherchons à entrer et à nous placer chez lui. J'ai perdu ma fortune avec mon premier maître, peut-être en retrouverai-je une avec le second. Avec un peu d'esprit... Pour vous, nos chers auditeurs, puissiez-vous avoir meilleure chance au jeu! (*Il montre la solive où il voulait se pendre.*) ou, ce qui vaut bien mieux encore, fuyez à toutes jambes la caverne des joueurs! Ce sont les vœux que vous adresse un honnête, mais infortuné valet, connu dans le monde sous le nom de Parmenion ; je me trompe, je me trompe, de Parménon.

FIN DU JOUEUR.

www.ingramcontent.com/pod-product-compliance
Ingram Content Group UK Ltd.
Pitfield, Milton Keynes, MK11 3LW, UK
UKHW020350180726
13839UKWH00003B/1014

9 782329 584119